Cristina Sfettina Haro

Un hombre y una mujer

Platero
COOLBOOKS

Título: Un hombre y una mujer
Primera edición: junio, 2024
© 2024, del texto Cristina Sfettina Haro.
© 2024, de la edición, maquetación y diseño Platero CoolBooks.
© Platero Editorial S.L.
Glorieta Fernando Quiñones s/n .
Edif. Centris, planta 2, módulo 10. 41940 Tomares (Sevilla)
info@plateroeditorial.es
www.plateroeditorial.es
Diseño de portada: Platero CoolBooks.
Printed in Spain-Impreso en España
ISBN: 978-84-10062-52-8

A él, al hombre más importante de mi vida, el que siempre estaba, mi alma gemela, mi referente y mi mejor amigo; mi padre, el gran Dino. Mi beso al cielo, maestro.

Índice

PRÓLOGO

Hasta quien no ha leído en la vida a Tolstoi sabe que dejó escrito al principio de *Anna Karenina* aquello de «Todas las familias felices se parecen; las familias desgraciadas lo son cada una a su manera». Es una frase tan buena que ha hecho fortuna, aunque es mentira. También cada familia feliz lo es a su manera, faltaría más. Lo que pasa es que aún es más fácil escribir una historia desgraciada que una feliz.

Esto es así por un juego literario que apareció allá por el año 1000 de nuestra era, en la que participaron algunos centenares de poetas, la mayor parte de ellos occitanos, y que se llamó *Amor Cortés*. Hay un libro que explica muy bien esto, *El amor en Occidente*, de Dennis de Rougemont. Para ilustrarlo, escoge el principio del *Romance de Tristán e Isolda*: «Os explicaré un cuento de amor, de locura y de muerte». El amor cortés es un arrebato, pone patas arriba el orden social y, el detalle más importante, es enemigo del matrimonio. Por supuesto, aquellos centenares de poetas y, en especial, los occitanos, sabían que no era más que un juego y no se lo tomaban en serio. Se trataba de entretener a las damas y pasar el rato, que es de lo que trata casi toda la literatura. Sin embargo, Don Quijote no fue el único en confundir la realidad con la ficción y, desde esa eterna primavera de la lírica europea, millones de enamorados han reproducido todos y cada uno de los tópicos del amor cortés, con cierta dosis de locura y de muerte. Todavía puede verse un rastro de eso en Hollywood, en lo que allí llaman *comedias románticas*. Hay pocos que hayan hecho alguna adenda literaria a esta representación del amor. Tal vez la más importante es la de Jane Austen.

Si hablamos de enamorados, y disculpen por la familiaridad, mi mujer y yo vemos *Orgullo y Prejuicio* todos los 6 de enero desde hace la tira de años. La de Keira Knightley. Nos encanta ver cómo Elizabeth Bennett fuerza —sí, esa es la palabra— al estirado señor Darcey a verla como a una igual. Ni por encima ni por debajo de él. No es hasta que eso sucede que ambos pueden amarse y, lo que es peor, casarse. Hay una escena que al final no se incluyó en la película en la que ambos, ya casados, desayunan en la terraza que da al enorme parque de su mansión y ella le dice «Solo puedes llamarme señora Darcey los días en los que me haces feliz». Jean Austen, una mujer que se quedó soltera después de sufrir la humillación de la ruptura de un compromiso matrimonial, que escribió su novela en la mesa del comedor de su hermano, rodeada de sobrinos y cuñadas, le enmendó la plana a una legión de caraduras poetas occitanos.

Para amarse no hace falta que uno se vaya al Polo Sur y otro al Polo Norte, no es necesario beber filtros y bebedizos, no tienes por qué encapricharte con la hija de la familia que odia a la tuya en una pequeña ciudad italiana. Como demuestran Liz Bennett y el señor Darcy, pero también Fina y Dino, los protagonistas del libro que, si han tenido el buen juicio de saltarse el prólogo ya estarán leyendo, el amor no es un tema de postureo ni de ser adicto al drama: el amor incluye también cosas prosaicas, pequeñas rutinas que si de verdad es amor no te cansas de hacer en toda una vida, porque además, nunca es igual, siempre es distinto. El amor cambia porque nosotros cambiamos. Si Heráclito decía que nunca te bañabas dos veces en el mismo río, podría haber añadido que nunca te acuestas dos veces en la misma cama y mucho menos con la misma mujer o marido.

No vamos a hacerle reproches ahora a Tolstoi por escribir historias desgraciadas, pero nos alegra que Cristina Sfettina comparta con nosotros una historia feliz y amable, que además es real. Real porque conozco a los protagonistas y yo mismo aparezco como extra. Como las comedias musicales de Hollywood o como algunos colegas de Dino Sfettina que me gustan en particular, Louis Armstrong, Charles Trenet, Fred Astaire o Dean Martin, esta novela es fácil y feliz y nos convence de que el mundo puede ser así, amable y cercano. Incluso que no puede ser de otra manera. Creo que esto puede explicarse por algo que he descubierto y puesto nombre y que espero que me reporte fama en los campos de la medicina y la literatura: el Efecto Fred Astaire. Fred Astaire conseguía que cualquiera que lo viese bailar en una película creyese que era tan fácil lo que hacía que no tendría problema alguno en hacerlo él también. Todos hemos creído saber bailar como Fred Astaire alguna vez. No nos sobran ni Fred Astaire ni libros como este en el mundo y más ahora, que la gente parece empeñada en usar todas sus energías en matarse.

Al leer el libro he pensado en otro que a mí me gusta mucho y que puede ser su antítesis, *La leyenda del santo bebedor*. Por fin he entendido la profunda inquietud y angustia que me produce. A su protagonista no paran de pasarle cosas buenas. Sin embargo, no aprovecha ninguna de ellas y se encamina, de manera irreversible, hacia su autodestrucción. Es algo más inquietante que cualquier relato de Kafka. En *Un hombre y una mujer*, al contrario, sus protagonistas aprovechan cualquier oportunidad que la vida les da y sin dudarlo, como lo más natural del mundo, aun cuando no se trate de la mejor opción en apariencia. Eso es lo que da esa impresión de esperanza y paz, justo lo contrario que el relato de Roth.

Para acabar, y conste que pido disculpas por alargarme, pero es bien sabido que a los médicos nos gusta oírnos, un par de apuntes muy personales: primero, Fina sigue teniendo los mismos ojos que cuando era una muchacha. Son del color del cielo límpido de una mañana de invierno. El segundo apunte es acerca de Dino. Algo que aprendí y que le he explicado a muchos de mis pacientes, sin citar su nombre, claro. Me impresionó mucho que me dijera, años antes de que nuestras herramientas pudieran diagnosticarlo, que estaba perdiendo la memoria, que lo notaba en el piano. Puede que eso fuese una medida de su talento o de nuestra ignorancia o de ambas cosas. Tengo eso muy en cuenta todos mis días en la consulta.

Bueno, lo dejo aquí, porque como dice mi mujer, a la que empiezo no paro, con un simple consejo: lean lo que viene a continuación, vean que en el mundo, justo aquí al lado, también hay cosas buenas y grandes historias, que tal vez sus vecinos o incluso ustedes mismos, pueden ser Liz Bennet y el señor Darcey, o hasta Tristán e Isolda.

Jerónimo Fernández Duarte,
Médico y Escritor

CAPÍTULO 1

BUENOS AIRES
-
SEPTIEMBRE 1958

Dino apuraba su café en la barra de aquel piano bar de Buenos Aires. Piano Bar Tucán. Tocaba allí cada noche. No era un lugar muy concurrido, pero era acogedor. La magia comenzaba al sentarse Dino ante el piano: las 88 teclas se convertían en la prolongación de su alma. El local era oscuro y antiguo, enmoquetado de color granate e iluminado con farolitos rojos en las mesas, que siempre contaban con los mismos clientes, amantes de las mismas canciones que obligaban al pianista a tocar hasta la saciedad el mismo repertorio. Un camarero de mediana edad y un *mâitre* que seguro superaba los setenta años de edad. En la entrada del local, había un cartel iluminado: «Dino y su piano», y su fotografía. Él, a punto de cumplir los 33 años, era lo que se conocía como un *charmant*. Moreno, ojos azules, alto, italiano de nacimiento, pero argentino de corazón. Su padre, trompetista, emigró a Argentina cuando él apenas tenía un año de edad. Su acento argentino, con ese cálido tono de voz y sus modales refinados y galantes, hacía de él un hombre realmente atractivo. Llevaba el tango y el *jazz* en las venas. Hacía poco más de un año que había comenzado una relación con una bailarina de *ballet* clásico, con la que convivía. La conoció cuando ella actuaba en el teatro y él la acompañó al piano en alguna ocasión.

Esa noche había menos clientes de los habituales en el piano bar, parecía que iba a ser una noche tranquila. Nada más lejos de la realidad. Dino estaba apoyado en la barra, apagaba su cigarrillo en un pequeño cenicero de cristal rojo, cuando entraron en el local dos hombres. Vestían totalmente de negro. Los dos llevaban el mismo traje, el mismo corte de pelo, impecables. Muy atractivos. Evidentemente eran músicos. Su indumentaria los delataba. Se dirigieron a la barra, muy cerca de él, y pidieron dos cervezas. Dino les reconoció en el mismo instante en que pusieron un pie en el local. Eran los directores de la Orquesta Los Tico Tico.

—Buenas noches, un honor tenerles acá —les dijo Dino, acercándose a ellos para saludarles.

—Buenas noches, Dino. Carlos Corriale —le respondió, mientras estrechaba su mano.

—Quique Roca —saludó el más corpulento, estrechando también su mano.

—Un placer, Dino Sfettina. Os vi la semana pasada en el teatro, felicitaciones. Disfruté.

—Gracias. Anoche ya terminamos. Fue la última —dijo Quique.

—Menos mal que pude ir y no lo dejé para más tarde, me lo hubiera perdido.

—Lindo lugar —dijo Quique mientras miraba a su alrededor—. Muy acogedor.

—Sí. Tiene su encanto. Lástima que no haya mucha

gente esta noche.

—Hay muchos boliches nocturnos. Abrieron cualquier cantidad en estos últimos años —dijo Quique.

—Sí… y el sol sale para todos, pero la luna parece que no —respondió Dino con una sonrisa, mientras acomodaba la banqueta cerca de la barra—. ¿Qué les apetece escuchar? —les preguntó.

—Lo que te salga del alma. Sorpréndenos —le dijo Carlos.

—Con gusto —respondió el pianista.

Se dirigió al piano, dedicó una sonrisa a la pareja que estaba en una mesa cercana a él, una mirada a los dos músicos apoyados en la barra, y comenzó con una selección de tangos, siguió con otra de música italiana y acabó con unos boleros. Quique se acercó al piano.

—Che, sos un fenómeno —le dijo. Dino se levantó y Quique le abrazó entusiasmado.

Charlaron animadamente, lo invitaron a una cerveza, los deleitó con más canciones y, poco antes de la una y media de la madrugada, mirando su reloj, Dino les dijo:

—¿Conocen el Casablanca?

—Uff… ¡hace tiempo que no vamos!

—Actúo allá con un grupo: Casablanca Jazz. Somos 8 y, con la vocalista, 9. Tengo que empezar a tocar en media hora. ¿Les apetece venir?

—¡Claro! Casablanca Jazz —exclamó Quique—. Tu cara me era conocida, pero no te ubicaba, la foto del grupo sale en la cartelera del diario.

—Vamos —dijo Carlos Corriale.

—Dale. Vamos ya —aceptó Quique Roca.

Un taxi los llevó al Casablanca, en el barrio de San

Telmo. Una enorme sala de fiestas donde el tango y el *jazz* se dan cita cada noche. Dino los acomodó en una mesa cercana al escenario. Una camarera pelirroja, de espectaculares curvas, fue a servirles.

—¿Qué desean tomar los señores? —preguntó sonriente.

—Dos copas de champán, por favor —pidió Quique, mientras sacaba su paquete de cigarrillos y miraba curioso a su alrededor.

La sala estaba a rebosar. Había muchísima gente. El ambiente estaba sobrecargado con el humo de cigarrillos y puros. Hacía mucho calor. Quique se quitó la chaqueta. La orquesta comenzó a tocar. Sonaban realmente bien. No comenzaron con tangos, como era lo habitual. La cantante, con esa voz grave y cálida que caracteriza a las mujeres de color como ella, comenzó con el maravilloso tema *Dream a Little Dream of Me*. Inmediatamente, la pista de baile se llenó de parejas. Los caballeros, trajeados, y, las señoras, con vestidos entallados marcando unas cinturas de avispa y subidas en unos finísimos tacones aguja, que no les impedía moverse con destreza en aquella enorme pista de baile.

Infinidad de camareras y camareros de negro, ellos con traje y pajarita y ellas con vestido de tubo, se movían con sus bandejas por la sala, bajo la atenta mirada del *mâitre*, que no perdía detalle.

Los dos quedaron entusiasmados con Dino. En realidad, habían entrado al Tucán a buscarlo. No era casual aquella cerveza en ese piano bar. Necesitaban un pianista y un amigo en común les había hablado de él. Les había dicho que era uno de los mejores pianistas de Buenos Aires, y no había exagerado. En el

Casablanca Jazz, también tocaba un joven saxofonista de apenas veintitrés años, también argentino de origen italiano. Guapo, moreno y con unos enormes ojos marrones. Tocaba el saxofón maravillosamente y Carlos Corriale también se fijó en él.

Al finalizar la actuación, Dino saltó, literalmente, del escenario, sin utilizar las cinco escaleras laterales para acceder a él, y se dirigió a la mesa donde le esperaban los dos hombres. Tomó asiento.

—¿Un cigarrillo? —preguntó Quique mientras le ofrecía uno.

—No, gracias. Soy poco fumador… Tengo vicios peores —bromeó el pianista.

—Yo también, pero, aparte… fumo —siguió la broma Quique.

—¿Trabajas acá cada día? —preguntó Corriale.

—Sí. Menos el lunes. También toco en el teatro los domingos a la tarde. Pero eso no me gusta mucho, acompañando alguna actuación de baile, o a algún cantante que viene de fuera… no me gusta, la verdad.

—¿Quién es el saxo? Es muy bueno —preguntó.

—¿Pepe? Sí. Buenísimo. Pepe Ricciardelli. Es un fuera de serie para lo joven que es —respondió Dino, mirando hacia la barra donde estaba el joven tomándose un agua con gas.

—Nosotros salimos la segunda semana de octubre para Europa. Tenemos un contrato con la cadena de hoteles Hilton. Es una gran gira. España, Italia, Francia, Alemania… El tema es que nos hemos quedado sin pianista —explicó Carlos Corriale. En ese momento, Quique Roca, mirando fijamente a los ojos del pianista, le preguntó.

—¿Te venís? Necesitamos un buen pianista. Te

necesitamos a vos.

Dino, sorprendido, preguntó incrédulo.

—¿Debo tomar en serio tus palabras?

—Por supuesto —respondió serio. Posó su mano en el hombro de Dino y añadió—. Si aceptás, mañana mismo firmamos tu contrato.

Dino no podía creer lo que estaba escuchando, Quique no apartaba los ojos de los suyos y Corriale tampoco le quitaba ojo esperando una reacción, una respuesta. Dino se quedó sin palabras. En décimas de segundo pensó que una oportunidad así no se le podría volver a presentar jamás. Europa, España, la madre patria.

—Pensálo —dijo el director, mientras le daba un suave golpe en el hombro.

—Está pensado —respondió Dino—. Sí, acepto.

—¿Seguro?

—Seguro.

—Preséntanos al saxo. Nos gusta.

Dino obedeció de inmediato y se dirigió a la barra, donde aún estaba el saxofonista. Agarrándole del brazo para llevarle a la mesa, le dijo entusiasmado:

—Che, acompáñame, te quieren conocer los directores de Los Tico Tico. Luego te cuento. Vení.

Al llegar a la mesa, Dino hizo las presentaciones.

—Carlos Corriale... Quique Roca... Pepe Ricciardelli.

—Encantado de saludarles —dijo tímidamente Ricciardelli, mientras estrechaba la mano de los dos músicos.

—Sentáte, pibe —dijo Carlos al saxofonista.

—Gracias

—¿Querés tomar una copa?

—No, gracias. No bebo cuando toco.

—Chicos sanos… Dino fuma poco, vos no bebés… —dijo sonriendo Carlos, mientras se sentaban los cuatro.

—¿Tampoco tienen novia?

—Alguna aspirante… oficial ninguna —respondió Ricciardelli riendo.

—Mi novia es la música. Esa es la oficial en mi caso —respondió Dino con su innato sentido del humor.

—Le estamos explicando a Dino que, en un par de semanas, salimos para España. Pero necesitamos un pianista, le ofrecimos venir a la orquesta —explicó Quique que, sin más verborrea, serio y directo, miró al saxo y le preguntó directamente y sin rodeos—: ¿Te vendrías con nosotros? Es un contrato para tocar en los hoteles Hilton de Europa. Dino aceptó —informó el director.

El joven miró sorprendido a Dino, que le miraba sonriente.

—¿Va en serio? —preguntó mirando a los dos hombres.

—Claro, muy en serio.

Pepe vivía con sus padres. Soñaba con tocar en una gran orquesta y viajar, conocer gente nueva cada día, crecer como músico, llegar lejos, y eso pasaba por viajar a Europa, algo solo posible en sus sueños. No podía creer que ese sueño pudiera dejar de serlo para hacerse realidad.

—La verdad… si va en serio, nada me haría más ilusión que tocar con Los Tico Tico.

Quique, que parecía llevar siempre la voz cantante, les explicó cómo sería la gira, los honorarios, vestuario, detalles del viaje… charlaban animadamente cuando el local se iluminó total e intensamente con una luz blanca que anunciaba la hora de cierre. Eran las cinco y media de la mañana.

Aquella fría noche de septiembre de finales del invierno bonaerense, que comenzó con un café y un cigarro y que parecía que iba a ser una noche de tantas, fue la que cambió totalmente la vida de Dino. La pregunta del director de aquel conjunto, con el ofrecimiento de salir de Argentina, le dio la respuesta a su vida sentimental con la bailarina. No, realmente no estaba enamorado de Betty. A menudo, ella le preguntaba:

—¿Me querés?

Tal vez por ese sexto sentido que tenemos las mujeres cuando no vemos amor en los ojos de nuestra pareja, tal vez porque nunca le decía: «Te quiero» y, cada vez que ella le hacía esa pregunta, él siempre respondía igual:

—Qué pavadas decís, claro que te quiero. —Acto seguido era capaz de preguntar si habían cervecitas en la nevera.

Los cuatro hombres abandonaron el local, fueron de los últimos en salir. Caminaron lentamente, al llegar al final de la calle, metiéndose las manos en los bolsillos y encogiendo los hombros por el frío de la madrugada, Quique, mirando a Pepe, preguntó:

—Vos no respondiste en firme… ¿Te venís?

—Claro —respondió Pepe—. Ya les dije que nada me haría más ilusión que ser parte de su orquesta.

—Estupendo. Nos vemos a la tarde en mi casa —dijo Carlos dándoles una tarjeta suya a los dos músicos—. Os presentaré a Marquesa, mi mujer y vocalista de la orquesta.

—Fenómeno —dijo Dino mientras guardaba la

tarjeta de visita en su bolsillo.

—Gracias, nos vemos en unas horas entonces. Un placer —dijo Pepe lleno de emoción.

Quique paró un taxi.

—Suban —indicó Carlos

—Les agradezco… pero vivo muy cerca, iré andando.

—Yo también, vivo a la vuelta —dijo Pepe.

—Estupendo. Nos vemos a las cinco. Chao, pibes —les dijo mientras subía al taxi con Carlos Corriale.

—Chao —se despidió Dino, mientras les cerraba la puerta del taxi.

Los dos músicos observaron alejarse al taxi, después se miraron llenos de emoción y se abrazaron efusivamente.

—Cheeeeeee. ¡Nos vamos a España! —gritó Dino.

—Y nada menos que con Los Tico Tico —dijo Pepe llevándose las manos a la cabeza—. No puedo creerlo. Estoy soñando.

—No estás soñando, Pepito. Es cierto.

Los dos caminaban a paso rápido, eufóricos.

—España… Europa…No puedo creerlo. No puedo creerlo. ¿Cómo fue que vinieron al Casablanca con vos?

—Vinieron al Tucán. Imagínate que hace unos días quedé maravillado cuando fui a verlos al teatro. Jamás imaginé que yo iba a ser parte de esa orquesta.

—¿Fuiste a escucharlos? No me dijiste. Te hubiera acompañado. ¿Por eso te vinieron a ver al Tucán?

—No. Alguien les habló de mí.

—¿Y Betty? —preguntó Pepe.

Dino se encogió de hombros.

—Chao, Pepe. Te vengo a buscar acá a la tarde y vamos juntos —le dijo Dino al llegar al edificio donde vivía el joven saxofonista.

—Sí. Nos vemos en unas horas. Que descanses.

Betty despertó. Dino no había llegado. Miró el reloj. Eran las seis y cuarto de la mañana. Se levantó, miró por la ventana: aún no había amanecido. Se puso su bata larga, de color rosa pálido, y se dirigió a la cocina a prepararse el primer mate del día, hoy más temprano de lo habitual. Betty no solía levantarse antes de las doce del mediodía. Terminaba tarde en el teatro y luego salía a cenar con la compañía. Justo en el momento de servirse el mate, Dino abría la puerta del viejo apartamento. Ella lo miró levantando las cejas.

—Llegás a tiempo para un matesito —le dijo sonriéndole.

—No, gracias, no quiero mate ahora —respondió Dino—. ¿A que no sabés quién vino al Tucán?

—No. ¿Quién? —preguntó.

—Corriale y Quique Roca. Los directores de Los Tico Tico.

—¿Y? —preguntó ella intuyendo que algo había pasado. Algo extraordinario. A Dino le brillaban los ojos. No había ni un atisbo del cansancio que reflejaba su cara otras noches y ella, observadora, lo vio nada más entrar en casa.

—Me voy a España. Me ofrecieron ser el pianista. ¡Pianista de Los Tico Tico! Nunca lo hubiera imaginado. Es una gira por toda Europa.

Ella lo miró seria.

—¿De verdad me lo decís? ¿Cuándo te vas? —preguntó mientras dejaba el mate encima de la mesa.

—El mes que viene, Betty. Ya les dije que sí. Ricciardelli también viene —respondió él, también con la misma seriedad en su rostro—. Es una oportunidad que no puedo dejar pasar.

Ella lo miró sin pestañear. Esperaba una explicación, tal vez una pregunta. Una proposición de acompañarle, algo. Algo que le hiciera partícipe de este proyecto. Nada. Absolutamente nada. No había nada más que hablar. Ya estaba todo dicho. Estaba ilusionado, no con ella, con Europa. No le pidió opinión, ni mucho menos permiso. Era una decisión unilateral. Era un adiós sin necesidad de decirlo. La mirada de Dino hacía innecesaria cualquier explicación.

—Me alegro por vos. Me voy a la cama —murmuró ella -

Él se dirigió al salón y, mirando su foto de bailarina colgada en la pared, murmuró:

—Lo siento.

Se quitó los zapatos y la corbata, se tumbó en el sofá y se quedó profundamente dormido.

Tal y como habían quedado, los dos jóvenes se presentaron puntualmente en el domicilio de Carlos Corriale y su esposa, Marquesa Anchar. Una cantante de rostro no muy agraciado, pero muy provocativa en su manera de vestir y excesivamente maquillada.

Esa misma tarde quedó firmado el contrato. Se interesaron por Lito, otro músico que también estaba tocando en el Casablanca. Esa misma noche, Pepe y Dino le informaron y Lito también dejó el Casablanca Jazz y se unió a ellos.

CAPÍTULO 2

EL COMIENZO DE
UNA NUEVA VIDA

En los días posteriores, todo se sucedía muy rápido. Quedaban por las tardes para ensayar con su nuevo grupo. Buscó un pianista para el piano bar Tucán. Se despidió de su orquesta, Casablanca Jazz, con lágrimas en los ojos, pero con ilusión en el corazón. Héctor, uno de sus compañeros de la orquesta, no pudo contener las lágrimas.

—Te voy a extrañar, Dino. La orquesta no será lo mismo sin vos.

—Chao, pibe… chao —respondió Dino, también visiblemente emocionado.

—Te acompaño a casa —le dijo Héctor.

—¿Tenés acá el auto? Fenómeno, pero acompáñame a la estación del tren, con un poco de suerte, agarro el de mediodía para Mar del Plata. Mis padres aún no saben nada.

—Claro, vamos, hermano, ya te llevo —respondió Héctor, sacando la llave de su coche.

Héctor condujo el coche con un nudo en la garganta. En quince minutos llegó a la estación de tren.

—Déjame acá. Así no tenés que estacionar.

Héctor miró a su compañero con una sonrisa en sus labios, pero con tristeza en la mirada.

—Te deseo toda la suerte que merecés, Dino.

—Gracias, Héctor.

Se bajaron los dos del coche y se dieron un fuerte abrazo.

—Chao.

—Chao, hermano.

Héctor, metido en el coche, vio entrar a Dino en la estación. Tenía la sensación de que jamás volvería a verle. Su gran amigo Dino le ayudó siempre. Tenían una conexión especial en el escenario. Se entendían con una fugaz mirada. Ensayaban juntos. Finalmente, mientras arrancaba su coche, una lágrima aflojó el nudo de su garganta. Fue la última vez que se vieron.

Mar del Plata, la ciudad feliz, la que le vio crecer junto a su hermana Haydée, esa ciudad de la que estaba enamorado, escenario de sus primeros acordes al piano. Se trasladó a vivir a Buenos Aires para actuar en el Casablanca y el teatro. Buenos Aires tenía muchas más salas donde actuar. Aun así, su corazón siempre estaba en Mar del Plata.

Al llegar a la estación, decidió caminar hasta la calle Simón Bolívar, donde vivían sus padres. Aquel día, de una recién estrenada primavera, era especialmente fresco. Pareciera que el invierno se resistía a marchar. Con las manos metidas en los bolsillos de su abrigo, iba ensayando un discurso con el que informar a sus padres de su inminente partida, aunque, en el fondo, él sabía que le apoyarían. Siempre respetaron sus decisiones, ya desde adolescente, y estaba seguro de que esta vez no sería una excepción.

Simón Bolívar 2936. Un largo pasillo exterior de baldosas blancas y negras le condujo a la puerta de su casa. Al llegar, la trompeta de su padre le hizo permanecer ahí unos largos minutos sin tocar el timbre.

—Labios de hierro… ¡Qué bueno eres! —murmuró antes de llamar.

Fue su hermana quien abrió, y el grito que dio al ver a su hermano fue más estridente que el sonido de la trompeta.

—¡Dino! ¡Qué sorpresa! —dijo colgándose del cuello de su hermano.

—¡Cheee, qué sorpresa! No te esperaba ahora. ¿Todo bien? —dijo su padre soltando la trompeta.

—Sí, papá. Todo perfecto —dijo mientras le abrazaba.

—¡Mi tesoro! —exclamó su madre, que estaba en el dormitorio cosiendo, mientras corría a abrazar a su hijo al escuchar su voz.

—No se pueden creer lo que vengo a contarles —dijo mientras se quitaba el abrigo, lo doblaba cuidadosamente y se sentaba en el sofá.

Los tres se quedaron mirándolo. Su madre se sentó a su lado. Él, con una sonrisa en sus labios, miró a su madre y le dijo:

—Acá tenés al pianista de Los Tico Tico.

—¿Te contrataron Los Tico Tico? —exclamó entusiasmado el padre—. Eso sí que es una gran noticia. Escuché en la radio que se van de gira a Europa. Así… vos… también te vas… ¿Sí?

—Sí —respondió Dino, mirando a su padre con una sonrisa de agradecimiento; le había ahorrado el tener que explicar que se marchaba.

—¡Qué bueno! —exclamó su hermana—. Me parece fantástico. ¿También irás a España? —preguntó entusiasmada.

—Sí, iré a España. La madre patria. Y a Italia, Alemania…

Su madre le miraba sonriente. No solía expresar mucho sus sentimientos, pero su mirada lo decía todo. Era poco o nada dramática. Apoyaba absolutamente cualquier decisión que su hijo tomara, y esta era una gran noticia.

—¿Cuándo salen? —le preguntó.

—La próxima semana, mamá. Vengo a recoger algunas cosas que tengo acá y a despedirme.

—Hijo, esto es una gran oportunidad. El sueño de todo músico. Nuevos escenarios, nuevas gentes, nuevos lugares —dijo su padre.

—Sí, cierto —dijo su madre mirando con gran admiración a su hijo—. Las manos de mi hijo serán las alas que lo lleven a lo más alto. Sos un gran pianista. Llegarás lejos. Las manos de mi hijo hablan —dijo tomándole la mano.

—¿Te quedás a dormir? —preguntó Haydée.

—Sí, esta noche no trabajo, ya dejé el Casablanca y hoy tengo franco en el Tucán. Quiero despedirme mañana de Carletto y de Armando Blumetti y quiero afinar mi piano… por cierto, papá… vendrán a llevárselo… pero pronto lo traerán de vuelta.

—¿Vendrán a llevárselo? —preguntó extrañado su padre

—Sí, papá —dijo mientras le hacía un gesto de guardar silencio y no seguir preguntando ante su madre.

Su padre, sin entender mucho de qué iba el tema,

no siguió preguntando y asintió con la cabeza.

A la mañana siguiente se despidió de Carletto, amigo y gran pianista.

La despedida con Armando Blumetti fue más emotiva. Blumetti era pianista, como él, y muy amigo suyo desde adolescentes. Tenían largas conversaciones y una gran complicidad. Habían compartido escenarios y los dos habían estudiado juntos en el conservatorio con Astor Piazzola. Iban siempre juntos los tres. Les unía una gran amistad desde niños y el amor a la música.

—Mucha suerte, amigo. Te voy a extrañar —le dijo Armando, con la voz rota tras un largo abrazo—. ¿Cómo te vas? ¿Tenés guita?

—Me voy con el Giulio Cesare. Pude comprar mi pasaje empeñando mi piano.

—¡Sos loco! Empeñaste tu piano. No puedo creerlo.

—No hay otra forma. Estoy contento. Podré desempeñarlo. No importa. Tengo que irme, el tren a Buenos Aires sale en media hora.

—Chao, pibe.

—Chao, hermano.

Blumetti se quedó parado viendo cómo se alejaba su amigo con una bolsa de cuero marrón colgada al hombro. Dino, con esa intuición innata, se volvió a mirar. Allá lo vio, a lo lejos, saludó con la mano, Blumetti le devolvió el saludo.

—Suerte, Dino. Suerte —murmuró.

Se subió casi en marcha. El traqueteo del tren iba al unísono con los latidos de su corazón, los percibía como si un tambor estuviera metido en su pecho. Eran muchas emociones, sentimientos encontrados, recuerdos y un sinfín de pensamientos que se agolpaban en su mente. Se sentó y apoyó su cabeza en la ventanilla. El monótono sonido del tren y el desolado paisaje lo adormecieron y llegó a soñar. Se veía tocando con su nueva orquesta en un gran escenario iluminado con grandes focos y con el aplauso de mil espectadores. Llegó a Buenos Aires casi a la hora de tocar en el piano bar. Tuvo el tiempo justo de tomar una ducha rápida, picotear de pie algo frente al frigorífico, ponerse el traje y salir corriendo.

La decisión de marchar al otro continente creó un muro entre la pareja. Apenas se hablaban y apenas coincidían. Hasta que llegó el día de partir. Nadie en el apartamento. Ella había salido.

«Mejor así», pensó.

Un par de maletas por equipaje y su sueño hecho realidad. En unas horas estaría junto a sus nuevos compañeros, en ese gran barco, Giulio Cesare, rumbo a Barcelona. Rumbo a una nueva vida. Un largo viaje de casi tres semanas.

Una última mirada al salón, cogió sus maletas y salió del apartamento. Cerró la puerta dando dos vueltas de llave. Miró las llaves en sus manos. Volvió a abrir. Dejó su juego de llaves encima del mueblecito recibidor. Sabía que él no las volvería a necesitar. Sabía que se iba para no volver. Esas llaves dejadas en la entrada fueron una carta de intenciones. Era una nota sin papel con un mensaje sin palabras.

CAPÍTULO 3

Y ÉL LA ENCONTRÓ

Barcelona fue el punto de partida de una interminable gira que comenzó en la Ciudad Condal y, de ahí, a Berlín, Italia, se anuló El Cairo por problemas bélicos, Madrid… Una gira fantástica. Grabaron con Hispavox. Iban a Radio Nacional de España. Actuaban en el programa *La Gran Parada* de TVE. Pegaron fuerte. Muy fuerte. Vivieron esos bellos años dorados de la música, los años 60. Unos años inmensamente felices para Dino.

En marzo de 1961, volvieron a Barcelona, un año en el que ya eran conocidos en toda España.

En pleno Paralelo de la Ciudad Condal, La Alcoyana era el bar restaurante más concurrido de la zona. Abría muy temprano para los desayunos y por las noches cerraba siempre tarde. Había hora de apertura, pero nunca de cierre. Ubicado en plena zona de teatros y salas de fiesta. Entre su clientela eran habituales músicos, actores y bailarinas, que venían a cenar al acabar su trabajo, razón por la que cerraba de madrugada. Regentado por el matrimonio de Jaime y Josefa. Se conocieron cuando los dos trabajaban en la cocina de un hotel de la Costa Brava. Él era el jefe de cocina y ella era su ayudante. Él soltero y ella viuda. Perdió a su marido en la guerra civil española. Aquel conflicto bélico la dejó sola y con dos niñas. Isabel, de tres añitos, y Fina, de apenas siete meses.

Fina nació un 19 de junio de 1936, un mes antes de estallar la guerra, y era apenas una adolescente cuando su madre se casó con Jaime y se trasladaron a vivir a Barcelona para montar este restaurante. Tuvo una dura infancia que prefería no recordar, aunque a veces era inevitable que en su mente aparecieran escenas que no lograba borrar. A veces intentaba recordar un beso de su madre y no recordaba ninguno. Tal vez, porque nunca lo recibió. Recordaba pasar horas trabajando en el campo, con su hermana mayor, para traer algo de comida a casa, cuando apenas tenía ocho añitos. En su mente siempre aparecía una madre cansada y malhumorada, tal vez porque trabajaba todo el día. Recordaba con gran tristeza las palizas que recibía injustamente, provocadas más por el cansancio de esa madre, que por las travesuras de la niña. Sus primeros años de vida transcurrieron en una España de posguerra donde el hambre y la miseria hacían estragos. Fueron años duros para todos, pero, para esa madre sola, tal vez fue más difícil. La dificultad de su vida y la soledad que sentía la llevaron a buscar el cobijo y protección en otro hombre poco después de desaparecer su marido y, tal vez, más por supervivencia que por amor, inició una nueva relación y tuvo cinco hijos más antes de conocer a Jaime. Aquella delgadita y pálida niña de ojos tristes se transformó con los años en una bellísima joven. Sí, Fina era bella. Muy bella. De cabello corto, castaño claro, ojos azules, esbelta, inteligente y con un sentido del humor tan grande como su carácter. A sus 24 años, tenía un carácter que provocaba frecuentes roces con su padrastro. Llevaba casi dos años de noviazgo con Fermín, un chico zaragozano de su edad que trabajaba en una charcutería cerca del restaurante La Alcoyana. Hacía poco que él había comprado el piso donde viviría con Fina cuando se casaran. Él quería casarse cuanto antes, ella no tenía prisa. Solía ver detalles en él que la desconcertaron por completo, aun así, por un extraño conformismo o por una necesidad de cariño que nunca tuvo, la relación seguía.

Fina tenía los domingos el día libre. Ese domingo, cosas del destino, su padrastro le pidió que se quedara. Tenían muchas reservas, era el día del padre, diecinueve de marzo, y un camarero de baja por accidente. Efectivamente, a las dos de la tarde no había ni una mesa libre y, en una de las mesas, estaban Los Tico Tico, que estaban siendo atendidos por Isabel.

—Fina, ¿puedes venir un momento? —gritó la joven.

Fina se acercó a ellos. Estaban todos bromeando, le habían preguntado quién era la joven que estaba en la barra.

—No se creen que seas mi hermana.

—Pues que no se lo crean.

—No se parecen en nada —dijo uno de ellos.

—Pues vosotros parecéis hechos en serie. ¿Os corta el pelo el mismo peluquero? —bromeó Fina.

Todos rieron y siguieron la broma. Todos menos él. Dino comía plácidamente una merluza a la plancha y no levantaba apenas la mirada del plato. Ella, sin embargo, no dejaba de mirarle. Le llamaba la atención que fuera el único que ni bromeaba con ella ni la miraba, y le pareció tremendamente atractivo. Era algo mayor de edad que el resto de sus compañeros. Sus refinados modales en la mesa… todo en él le llamó poderosamente la atención.

—¿Bien la merluza, señor? —preguntó sonriéndole.

Dino levantó la cabeza. Miró sonriente a la joven y le respondió:

—Muy bien. Gracias.

Ese cruce de miradas duró apenas unos segundos, pero tuvio la intensidad de un rayo…

—Encantada. Buen provecho —les dijo sonriente.

—Gracias. Un placer —respondieron casi al unísono ellos.

—Linda chica —dijo Ricciardelli mirando a Dino

—Distinta… diferente —respondió él, mientras la observaba caminar hacia la barra del bar.

—Y… linda —dijo Pepe mirándola.

—Sí, linda. Muy linda. —Sonrió Dino mirando a su compañero, que parecía embelesado por la belleza de la joven.

Empezó a colocar las tapas recién sacadas de la cocina en el mostrador, cuando apareció su amiga Teresa. Teresa era ese tipo de amiga que siempre tiene un plan divertido, un sitio para conocer, amante de la música, el baile, divertida. Fermín no le caía bien. Siempre le decía: «Tu novio es un soso». Ese domingo venía a ver a Fina con un plan en el bolso. Dos entradas para ir a Radio Nacional de España, donde una vez por semana iban a tocar Los Tico Tico.

—¡Qué bien, tú por aquí! ¿Te sirvo algo?

—Invítame a unas bravas y yo mañana te invito

a la radio —dijo la joven mientras miraba las tapas de la barra—. Tengo entradas. Actúan Los Tico Tico. Vienen de Argentina. Anoche tocaron en La Pérgola y uno que andaba por ahí… creo que era el representante, me dio entradas.

—Gírate con disimulo… ¿Son los de la mesa del fondo? —preguntó Fina.

—¡Ay, mi madre! Sííí. Lo son. Son guapísimos. Anoche iban aún más guapos. Todos trajeados, nena. La cantante es buenísima. Canta muy bien. Se llama Marquesa Anchar.

—Ahí van las bravas. ¿A qué hora mañana?

—A las 11:30 en la puerta de la radio. Tocan en el programa de mediodía.

—Hecho. Hoy era mi día libre, mi santo, y mira dónde estoy. Mañana, a las once, me largo como que me llamo Fina —dijo mientras dirigía su mirada a la mesa del fondo, donde estaban los músicos. Todos charlaban y reían, todos menos el pianista. Aquella mirada azul se encontró con la de ella. Él, al verse sorprendido mirándola, le sonrió y ella le devolvió la sonrisa. Tere hablaba sin parar, Fina ni escuchaba lo que estaba contando. Permaneció unos segundos manteniendo la mirada del músico.

—¿Te estás enterando de lo que te estoy diciendo?

—¿Qué? —respondió levantando las cejas.

—No estás. Ya lo veo.

—Anda, come y calla, charlatana.

Un proverbio árabe dice que el que no entiende una mirada, nunca entenderá una larga explicación. Podemos mentir al hablar, pero los ojos nunca mienten. A pesar de esa aparente indiferencia al acercarse ella a la mesa, su mirada le transmitió la atracción que despertó en él nada más verla y ella, desde la barra, acababa de expresarle lo mismo.

Al día siguiente, el primer pensamiento de la joven al despertar fue la cita con su amiga en la puerta de Radio Nacional de España. Las seis horas que había dormido no habían bastado para borrar el cansancio en su rostro. Se miró al espejo y frunciendo el ceño murmuró:

—Madre mía… ¡Qué mala cara, precisamente hoy!

En ese mismo instante, su madre entraba al dormitorio de la joven.

—Vamos, Fina. Espabila. Son las ocho de la mañana. Abajo no dan abasto con los desayunos.

—Voy, mamá.

—Date prisa.

—Sí, mami, sí. Ya voy. Bajo enseguida.

En menos de veinte minutos, Fina estaba ya haciendo cafés.

A esas horas la clientela era de lo más variopinta. Allí se mezclaban los que empezaban el día con un desayuno rápido en la barra antes de entrar a trabajar y los que aún no lo habían acabado y, trasnochados, comían algo antes de irse a dormir. Más tarde venían las mamás, que desayunaban unos churros con chocolate o café tras dejar a los niños en el colegio. Tras los desayunos, se empezaban a preparar ya las comidas y las famosas tapas. Fina no paraba de mirar aquel gran reloj colgado en la pared. Las horas pasaban veloces y el trabajo no terminaba.

Tere esperaba en la puerta de la radio y miraba nerviosa su reloj. Eran casi las 12 del mediodía cuando vio a Fina venir corriendo.

—Llegas tarde, Fina. Ya habrán empezado.

—El papi me ha pedido ayuda en la cocina. —Así llamaba a su padrastro—. De milagro estoy aquí.

—Venga, vamos —replicó malhumorada Teresa por el retraso de su amiga.

Justamente entraban en la radio las dos jóvenes cuando interpretaban ese bello bolero de Vicente Garrido, *No me platiques más*. Tal vez exista una misteriosa energía, o una extraña fuerza sobrenatural que hace que cuando alguien te mira fijamente, te gires a mirar. Dino dirigió su mirada al público y ahí la vio. Ahí la encontró. Mirándole. Sonriente. Serena. Bellísima. Se quedó muy sorprendido. La joven del restaurante estaba ahí sentada, a pocos metros de él. Vestida sencillamente con un pantalón negro y un jersey de punto gris perla, sin maquillaje estaba naturalmente bellísima. La ilusión por ir a verle había iluminado su mirada. Sus ojos azules tenían ahora un brillo especial y su sonrisa iluminaba ese rostro, borrando las huellas de cansancio. Hacía mucho tiempo que no sentía la sensación de estar ilusionada por algo o por alguien. Dino, desde el piano, no dejaba de mirarla, y ella no apartaba su mirada para nada. Interpretaron tres temas más, Ricciardelli tocaba su saxofón sin dejar de mirar a Dino y a Fina. Eran tan intensas las miradas, que no pasaron desapercibidas para el joven saxofonista.

Al acabar la actuación, Dino se dirigió rápidamente a ellas, que ya se levantaban para marchar.

—¡Qué linda sorpresa! No te esperaba acá, Fina —le dijo mientras le estrechaba la mano.

Fina quedó sorprendida. Recordaba su nombre, seguramente memorizado cuando su hermana Isabel la llamó para que se acercara a la mesa. Después, dirigiéndose a Teresa y alargando la mano, se presentó:

—Dino. Dino Sfettina.

—Teresa —respondió la joven.

—Un placer. Gracias por venir —dijo mirando a Fina.

—Nos ha encantado. Yo ya os había visto el sábado en La Pérgola —exclamó Teresa.

—¿Ah, sí? —dijo mientras sacaba del bolsillo de su chaqueta dos entradas para esa sala de fiestas, donde actuaban cada noche—. Acá les obsequio con dos entradas por si quieren ir —dijo entregando una a cada una—. Vos viniste… pero Fina no.

—Gracias, volveré —dijo Teresa

—Me encantaría que vinieras… —dijo el pianista mirando a Fina.

—Iré —respondió la joven con una sutil sonrisa

—¡Dino! ¿Podría venir un momento, por favor? —dijo el presentador del programa—. Vamos a sacar unas fotos.

—Fue un placer —dijo mientras se despedía de las jóvenes con otro apretón de manos.

—Hasta pronto —respondió Fina sonriendo.

Al salir de la radio, Fina iba callada. Teresa la miraba de reojo. Caminaban calle abajo en silencio.

—¿Tú estás bien? —preguntó Teresa.

—Sí… Muy bien….

—¿Seguro? Te has quedado muda.

—¡No me caso, Teresa! —exclamó Fina, parándose en seco y mirando a su amiga.

—Pero… ¿Qué dices?

—Yo no creía en los flechazos de Cupido, pero este angelito me acaba de «petar» el corazón. Jamás me he sentido tan atraída por ningún hombre. Jamás me miraron así.

—¡Ay, mi madre, que se va al garete el soso! Si es que no me extraña, de ver cortar mortadela a ver esas manos en el piano… va un abismo.

—No te lo tomes a broma. A mí me ha pasado algo —le dijo seria ella.

Teresa se echó a reír y, agarrándola del brazo, le dijo:

—Anda, vamos a tomarnos un Trinaranjus.

—No, Tere. Tengo que volver al restaurante.

—Como quieras.

—Nos vemos —dijo Fina mientras se despedía de su amiga con un abrazo.

—Sí, nos vemos.

—No se te ocurra decir nada de La Pérgola al soso… que aún querrá acompañarnos. —Se giró a decir Teresa mientras se alejaba calle abajo.

Fina se giró y, riendo, respondió.

—Noooooo. No nos dio entradas para él.

La joven apuró el paso. Llegó al restaurante casi sin aliento. Se sentía feliz. Una extraña ilusión le invadía.

—¿De dónde sales? —preguntó su hermana.

—Fui con Teresa a dar una vuelta —respondió.

—El papi ha preguntado varias veces por ti.

Fina, sin responder, entró a la cocina, mientras se ponía el delantal.

—Llegué —dijo sonriendo a su madre.

—Tarde —respondió su padrastro.

—Fermín vino hace una media hora. Preguntó por ti. Dijo que te vendría a buscar a las ocho de la tarde. Puedes salir… Ayer no saliste en todo el día —dijo su madre, mirando de reojo a Jaime.

—Gracias, mamá —murmuró la joven mirando

también a su padrastro, que no pronunció palabra.

Pero no salió. A las siete de la tarde Fermín la llamaba por teléfono.

—Hola, Fina. Si te parece, nos vemos en el piso. Me he venido directamente a ver si pongo unas estanterías. Podrías venir y echarme un cable.

—*Okey*… —respondió justo cuando entraban por la puerta Dino, Lito, Pepe y Quique—. Mira… si te parece, ya nos vemos mañana. Hoy estoy reventada y está entrando gente para cenar.

—*Okey*, como quieras. Ya pondré las estanterías yo solo. ¿Puedes venir mañana por la mañana? Hay unos cuadros para colgar y así me dices dónde los quieres. Ven a las 11.

—*Okey*. Hasta mañana —respondió la joven.

Los tres músicos fueron directamente a su mesa de siempre, la del fondo, y Dino se acercó a la barra con un disco en la mano.

—Este disco es para vos. Si me das un bolígrafo, te lo dedico. Lo grabamos hace poquito.

—Gracias —respondió sorprendida mientras le entregaba el bolígrafo.

«Para Fina, con todo cariño, DINO».

Le entregó el disco. Fina miraba ilusionada la dedicatoria. Él la miraba a ella.

—Gracias. No sabes la ilusión que me hace este disco.

—Gracias a vos. No sabés la ilusión que me hizo verte esta mañana en la radio. Podrías venir luego a La Pérgola.

—Iré mañana. Hoy estoy muy cansada.

—Te espero —le respondió él en voz baja.

—Ahí estaré —respondió ella en el mismo tono.

Un poco antes de medianoche, Fina subía ya a su habitación con el disco en sus manos. Una pequeña habitación iluminada con un pequeño quinqué de luz tenue, de paredes amarillentas y muebles viejos con una pequeña ventana que daba a un oscuro patio interior. Se miró al espejo. Sus ojeras marcaban el cansancio de tan dura jornada, pero sus ojos tenían un brillo especial. Un brillo que apareció en su mirada, escuchando aquel primer bolero, *No me platiques más*, que ahora tarareaba mientras se desvestía.

—¿Qué me está pasando? —murmuró.

Colocó el disco en la mesita de noche, apoyado en la pared. En la portada, la fotografía de la orquesta. Aquella noche se durmió con la mirada clavada en el pianista y con aquel primer bolero repicando en su cabeza hasta quedar dormida, profundamente dormida, y allí, en sus sueños, le volvió a encontrar. Soñó que bailaba con él ese bello bolero. «No me platiques más, lo que debió pasar, antes de conocernos…».

CAPÍTULO 4

AQUEL PORTAZO

A las once de la mañana, Fina se dirigió al piso, tal y como había quedado con Fermín. Caminaba despacio, desganada.

—¡Fina!

Alguien la llamó de lejos. Era una clienta del restaurante.

—¿Dónde vas por aquí?

—He quedado con Fermín. Estamos arreglando el piso.

—¡Ah…! —Se quedó callada unos instantes. Parecía querer decirle algo. Fina la miró expectante.

—¿Necesitas algo?

—No… no es nada. Nada importante.

—¿Seguro?

—Bueno… no sé… es que… he visto últimamente a Fermín sobre las diez de la noche con una chica. Es la dependienta de la charcutería donde él trabaja. La acompaña a su casa…

—¡Qué interesante! —respondió con sorna.

—Vigílalo.

—Gracias, Lola. No te preocupes.

Fina siguió caminando calle arriba, analizando la

información que acababa de recibir.

—Tal vez... ¡Encima infiel! —murmuró.

A su cabeza vinieron detalles que no eran de un hombre enamorado. Recordó ir caminando de la mano con él, expresarle que tenía sed y responderle que en la acera de enfrente había una fuente. Reprocharle que la había visto salir con amigas mientras él trabajaba.

Lo cierto es que la idea de una infidelidad le era realmente indiferente. No le importaba lo más mínimo y lo acababa de comprobar.

Al llegar, se encontró la puerta abierta.

Era un pequeño y viejo piso situado en el entresuelo del edificio, una especie de semisótano. A Fina nunca le gustó aquel húmedo y oscuro piso, pero él lo había adquirido a buen precio y ni le consultó. Ni siquiera se lo enseñó antes de comprarlo. Él era así. Llevaba la voz cantante en todo. Poco dado al romanticismo ni a los detalles. Sus salidas se limitaban a pasear o arreglar aquel apartamento. Poco dado a bailar y divertirse en cualquier sala de baile. A Fina bailar le encantaba, pero desde que salía con él, había dejado de hacerlo.

—Hola —saludó Fina mientras dejaba su bolso y su chaqueta encima de una caja grande de cartón.

—Hola, ¿queda bien este cuadro aquí? —preguntó Fermín, sin girarse a mirarla, mientras colocaba un cuadro en la pared.

—Aquí no queda bien ningún cuadro —respondió ella en mal tono—. Este piso es muy oscuro y esa pared muy pequeña para tanto cuadro.

—Cuando lo amuebles... si ponemos muebles claros, le darás luz. El cuadro aquí queda perfecto.

—¿Yo? —dijo Fina asombrada—. ¿Esperas que lo amueble yo?

—Pues… sí. No vamos a vivir en un piso vacío. No te he pedido ni un céntimo para comprarlo. Así que no es descabellado que te diga que compres tú los muebles.

—No pienso poner ni una banqueta en este piso —le respondió sin alzar su voz, pero con una desafiante y hostil mirada

—¿A ti qué te pasa? —le preguntó él con muy mal tono.

Fina no le respondió. Cogió su bolso, su chaqueta y se fue dando un santo portazo en la puerta.

—Se acabó —dijo mirando esa puerta que acababa de cerrar de un golpe.

Fermín se quedó mirando la puerta unos instantes. Decidió salir tras ella.

Corrió hacia la calle principal. La vio caminar calle abajo, con el bolso y la chaqueta en la mano. De repente ella se giró. Le vio parado entre la gente, mirándola a lo lejos. Le miró con desprecio y siguió caminando apurando el paso en dirección al puerto. Cuando se sentía triste, sola o abatida, se paraba frente al mar y respiraba hondo y su ansiedad parecía diluirse en la bruma. Aquella mañana había sentimientos encontrados en su corazón. Cansancio y hastío por aquel restaurante donde transcurría su vida, desencanto en su relación con Fermín y una ilusión que iluminó su ser en tan solo dos días. Un gran desconocido había conquistado de lleno su corazón con una mirada, con una sonrisa, y de repente no encontraba sentido a su vida. Una lágrima rodó por su mejilla, una lágrima que secó inmediatamente con su mano.

—Estoy cansada —murmuró—. Eso es todo. Estoy muy cansada de todo y de todos.

Una pareja de enamorados pasó a su lado. Iban de la mano. Ella iba hablando y él la miraba embelesado. Se les veía enamorados. «¿Por qué será tan soso Fermín?», pensó mientras los miraba alejarse.

Respiró profundamente. Permaneció unos minutos mirando el mar, dejándose acariciar por esa brisa marina que tanto le gustaba. Miró su reloj. A su madre le había dicho que hasta las dos no vendría. Le quedaban casi dos horas libres. Decidió ir a ver a su amiga Teresa. Cuando Fina llegó a su casa, Tere estaba desayunando. Trabajaba solo por las tardes y solía levantarse tarde.

—¿Fina, tú por mi casa? —le dijo sorprendida—. Pasa. Acabo de hacer café.

Tere miró a su amiga. Se evidenciaba el bajo estado de ánimo de Fina.

—Dime. Dime qué pasa. ¿Tu padrastro otra vez?

—Qué va. Creo que lo de Fermín no va a ningún lado. Me han dicho que le vieron con una chica. Que la acompaña a su casa… y vete a saber…

—No me extraña. Las niñas buenas, como nosotras, van al cielo, y las malas a todos lados. «Hazte respetar, hazte respetar», y con la tontería del respeto, luego se van a apagar el fuego con las más listas —dijo su amiga mientras servía unas grandes tazas de café con leche.

—Me da igual —respondió Fina, mientras se sentaba en una de las banquetas de la cocina y la acercaba a la mesa—. Pienso llegar virgen al matrimonio. Si es que me caso algún día.

Su amiga se sentó en la otra banqueta frente a ella

y con una sonrisita pícara le dijo:

—El pianista. Te casarás con el pianista.

—¡Pero qué tonterías dices! El pianista se irá. Volverán a Argentina, de donde vinieron.

—Pues vete con él.

—Deja de decir tonterías.

—No disimules. Me dijiste que te había flechado Cupido.

—No dejo de pensar en él. Pero esto no llega a nada. Pronto se van a marchar. No puedo enamorarme de alguien que se va a ir.

—No puedo enamorarme, dice. ¡Ja!, si ya lo estás. Te veo. Te conozco. Ya no te importa ni con quién esté flirteando el soso. Te la trae al fresco. Ojo, que si se va con otra, tampoco pierdes nada. El tío es una mojama entre mortadelas.

Fina se echó a reír.

—Eres capaz de sacarle la sonrisa al más serio. Eres cómica. Tienes razón. Me importa un bledo Fermín, pero sé que no debo enamorarme de alguien que se va a marchar pronto.

—Tengo magdalenas. ¿Quieres?

—Venga. Saca esas magdalenas —respondió Fina riendo.

CAPÍTULO 5

SALA DE FIESTAS
LA PÉRGOLA

Eran las doce y media de la noche. La orquesta hizo su pausa tras la primera parte de su actuación. Dino había salido al *hall* de la sala de fiestas. Se pasó la primera parte de la actuación mirando la puerta, deseando verla aparecer. Miró su reloj. La segunda parte iba a empezar en breve. Se disponía a volver a la sala cuando escuchó su voz. Sí, era ella. Al girarse vio cómo en el vestíbulo el portero le decía que esa entrada no era válida. Le faltaba el sello. Dino, con paso rápido, se acercó a ellos.

—Es mi novia —le dijo Dino al portero.

—Discúlpeme. Pase, por favor —se apresuró a decir el portero.

Estaba radiante, a pesar de haber estado trabajando hasta las once de la noche, con un toque de rímel en las pestañas y un carmín rosa pálido en sus labios como único maquillaje, y un sencillo vestido negro tubo que marcaba su estilizada silueta.

Dino la saludó con un tímido beso en la mejilla.

—¡Qué linda estás! Creí que no vendrías —le dijo

él, al entrar en la sala.

—No pude salir antes —respondió ella.

Dino le acompañó a una mesa que estaba a pocos metros del escenario, muy cerca del piano. Muy galantemente, retiró la silla para que se sentara.

—Tengo que subir ya. Me reúno con vos al acabar. ¿Algún tema que te guste?

—*Si tú me dices ven…* —le dijo con una mirada muy sugerente.

—Lindo bolero… lo haremos para vos.

De nuevo ese cruce de miradas, esas sonrisas, esos silencios y gestos que lo dicen todo.

Fina sintió un vuelco en su pecho cuando la presentó como su novia en el vestíbulo. No estaba acostumbrada a ese trato tan galante. Interpretaron varios temas. De repente, Dino empezó a tocar los primeros acordes de la canción que le pidió y, acercando su boca al micro, dijo:

—Y ahora, complaciendo una petición, *Si tú me dices ven*. Para vos, Fina. Muy especial…

Esa noche quedaría por siempre grabada en la memoria de los dos. Las miradas constantes desde el escenario, las sonrisas que se dedicaron durante toda la actuación, la conversación que tuvieron después del espectáculo. Una conversación superficial, sin preguntas personales. Hablando de música, de lo bella que es España, de la admiración que siente Argentina por esa madre patria. Quique Roca se acercó a él y le dijo con cierta picardía en el oído:

—Vino sola… La tenés enamorada. —Y se alejó con su vaso de *whisky* en la mano. Ellos siguieron hablando de mil cosas. En un momento de la conversación, ella, mirando su reloj, le dijo:

—Tengo que irme. Madrugo mucho y es muy tarde.

—Si te apetece, mañana, a la tardecita, podemos ir a tomar un café por el paseo marítimo.

—Estupendo. ¿Cuatro y media… cinco?

—Fenómeno. Te recojo sobre esa hora en el restaurante, pero déjame acompañarte Tomaremos el mismo taxi.

Ella aceptó y así lo hicieron. Al llegar, Dino le pidió al taxista que esperara un minuto. La acompañó hasta la puerta. Un beso en la mejilla. Una sonrisa. Un hasta mañana… y otro cruce de miradas.

Al día siguiente, él fue a recogerla a las cuatro de la tarde. Ella no le hizo esperar, en cuanto le vio entrar, cogió su bolso y fue hacia él. Los dos salieron del bar ante la mirada extrañada de su madre.

Pasearon por el puerto de Barcelona, se tomaron un zumo, charlaron de mil cosas sin importancia. Él le explicaba que su vida era el piano. Que el día que no pudiera tocar, desearía morir. Que vivía por y para la música. Ella le escuchaba con atención. Caminaban despacio.

—¿Descansamos? —preguntó Dino apoyándose en el muro del paseo marítimo.

—Descansamos —respondió ella mirando al mar. De repente, él acercó su cara a la de ella. La miró y fue a darle un beso en la boca, ella, sin saber por qué, en un acto reflejo, giró su cara ante el asombro de él y el arrepentimiento instantáneo de ella.

—Lo siento. Discúlpame.

—Discúlpame tú a mí —le respondió ella, al ver su tez completamente sonrojada.

Siguieron caminando. Ella, para sus adentros, pensaba en el gesto tan estúpido de apartar su boca.

«¡Pero si lo estaba deseando! ¿Por qué lo hice?». El silencio por la situación duró apenas unos instantes. Él rompió el hielo diciendo:

—¿Estás enamorada… de alguien…?

—¿Y tú? —respondió ella con otra pregunta.

—¿Yo? Si me hubieras preguntado hace una semana, te hubiera dicho que no lo sé.

—Pero te pregunté hoy —insistió ella al ver que se hizo de nuevo el silencio.

—Hoy sí. Anoche me di cuenta de que me enamoré —le respondió parando su marcha y deteniendo el paso de ella, agarrando suavemente su brazo—. Pero… vos… no respondiste… —insistió él en un intento de entender la reacción de la joven.

Ella le miró a los ojos. Le agarró de la mano y besó su boca. Fue un beso tímido, apenas perceptible, pero en la boca. Él la abrazó y la besó de nuevo… Ese primer beso respondió la pregunta y enmendó ese rechazo cargado de puritanismo que hacía apenas unos instantes se acababa de producir.

Agarrados de la mano, llegaron de nuevo a la esquina del restaurante.

—¿Te apetece salir mañana? —preguntó sonriente Dino.

—Me apetece —respondió con una gran sonrisa.

—Fenómeno. De todos modos, nos veremos al mediodía. Vendremos a comer.

—Estupendo. Hasta mañana, Dino.

De nuevo se fundieron en un beso. Un beso rápido por miedo a ser vistos desde el restaurante…

Y sí, al día siguiente fueron a pasear por el Tibidabo. Por la noche fue con Teresa a La Pérgola. Salieron juntos por cinco días, que pasaron con la velocidad de un rayo. En tan solo cinco días se enamoraron perdidamente los dos. Ni él le dijo que vivía con nadie en Argentina ni ella mencionó a su novio. No importaba. Era como si sus vidas hubieran empezado aquel 19 de marzo, la primera vez que él la vio en el restaurante. Era como no tener un pasado. Lo tenían, pero no importaba. Ninguno de los dos había experimentado anteriormente esa tormenta biológica del enamoramiento, que nace en la corteza cerebral, sigue en nuestro sistema endocrino, haciéndonos segregar esa dopamina que genera esos cambios en el hipotálamo y es responsable de esa tormenta que sintieron los dos en su interior. Ninguno de los dos había experimentado tantas sensaciones en tan poco tiempo. Pero todo pasa, y llegó el momento de la partida. Al día siguiente, la orquesta continuaba su gira, esta vez en Mallorca.

Estaban tomando un Trinaranjus en una terraza de un bar de la Barceloneta, cuando a Dino se le borró su perenne sonrisa.

—Finita… Mañana nos vamos a Mallorca.

—Sí. Me lo dijiste anoche. Lo sé.

Él agarró su mano. Ella le miró sonriente.

—Yo sabía que te irías, desde el primer día que te vi. Aun así, jamás he sido más feliz en toda mi vida. Estos cinco días los llevaré por siempre en mi corazón.

—Me hablás como si esto acabara acá. Parece una despedida.

—Lo es… tal vez, no vuelvas más a Barcelona. Quién sabe dónde estaréis después. Dicen que los marineros tienen un amor en cada puerto. ¿Qué dicen de los músicos?

—Que solo tienen notas en el coco —respondió riendo—. Y yo, solo te tengo a vos. Vení. Vení a Mallorca.

Ella, que le miraba sonriendo, cambió el semblante y le soltó la mano.

—Yo no soy así, Dino. Yo no me voy a vivir con el primero que conozco. No sé en Argentina, pero aquí, en España, ni se nos ocurre irnos con un hombre sin casarnos y en menos de una semana.

—Perdóname, Fina. No sé si estuve desubicado. No quise molestarte. Es que se me hace duro decirte adiós. No quiero separarme de vos, por eso te pedía que me acompañaras, que vinieras conmigo a Mallorca.

—No me molestaste, Dino. —Sonrió la joven—. Pero no puedo ir.

—No sé el tiempo que estaremos en Mallorca. En principio, la temporada entera de verano. ¿Me esperarás?

Ella le miró sonriendo.

—No sé… ¿Conocerás a otra Finita?

Él la besó y, tras ese beso, una cautivadora respuesta.

—No existe en el mundo otra Finita. Sos única. Nunca sentí tanta atracción por ninguna mujer, jamás.

El sol ya se escondía y en su lugar llegó un aire frío que les hizo abandonar el lugar.

Él se quitó su chaqueta, y colocándola sobre los hombros de Fina, le dijo.

—Vámonos. No vayas a enfriarte

—Sí, vamos. Gracias, Dino.

Con una mano sobre los hombros de ella, la otra metida en el bolsillo y el frío en el pecho, llegaron a la puerta del restaurante paseando.

—Gracias —le dijo ella devolviéndole la chaqueta.

—No se merecen —respondió él—. ¿Vendrás a despedirnos al puerto?

—Claro. Ahí estaré.

La intención de Dino de despedirse besando a la joven se vio abortada cuando vio a la señora Josefa mirándolos desde el interior del local.

—Acabo de ver a tu mamá con una cara muy seria. Capaz… se enfadará con vos…

—No te preocupes. No está seria. Es su cara.

Al pianista le hizo gracia el comentario de la joven.

—Chao. Me voy… no te quiero causar problemas —le dijo riendo.

—Hasta mañana.

—Te quiero.

—Y yo —respondió ella.

Dino apuró el paso poniéndose la chaqueta. Ella le observó desde la puerta del restaurante hasta que desapareció entre la gente.

Al entrar al restaurante, su madre la miró, pero no preguntó nada. Ni ella explicó nada. Sus miradas se cruzaron sin más en un silencio que era habitual entre ellas.

CAPÍTULO 6

AQUEL PRIMER ADIÓS

La orquesta se alojaba en el emblemático Hostal El Abrevadero. Un hostal restaurante fundado en 1917, situado en la calle Vila i Vilá, cerca del Paralelo de Barcelona y muy vinculado en aquella época a los teatros de esa zona. Muy famoso por su plato típico de carne de toro de lidia. Dino apenas pudo dormir esa noche. Sus sueños no le dejaron descansar. Soñó que buscaba a Fina entre la gente y no lograba encontrarla. Justo en el momento que la vio, despertó llamándola. Ya había amanecido. Miró por el ventanal de su habitación. Llovía.

Él siempre había sido de esas personas emocionalmente inteligentes. Tenía ese desapego innato que le proporcionaba una inmensa paz interior y pocos dramas ante nada. No podía entender por qué se sentía triste si su vida hasta ahora era la música, viajar, conocer gente.

¿Qué había cambiado en su interior? Sus relaciones siempre habían sido libres, sin muchas ataduras o ninguna, y estaba viviendo la época más feliz de su vida. ¿Por qué esta tristeza ahora, en esta mañana gris?

Se duchó, se arregló e hizo sus maletas con una

rapidez inusual. Miró a su alrededor Sentía tristeza de abandonar esta habitación, donde en estos últimos días veía amanecer y se dormía pensando en ella. Bajó al comedor, donde estaban desayunando sus compañeros. Solo tomó un café. Deseaba salir ya para el puerto, donde seguramente estaría Fina. No quería partir sin desnudar su alma. Sin expresar realmente lo que significaba ella en su vida. Deseaba confesarle que le dolía separarse de ella, que le iba a extrañar y que temía perderla. Que estaba enamorado como jamás lo había estado.

Llegaron al puerto. Uno de los músicos embarcó con la furgoneta de la orquesta y todo el equipaje e instrumentos, el resto debía hacerlo por el acceso de pasajeros. Dino, tal y como lo vivió en el sueño, buscaba a Fina entre la gente. No estaba.

—Dino, ya se puede embarcar. Vamos, que parece que empieza a llover de nuevo —le dijo Pepe.

—Espero un poco. Fina dijo que vendría. Todavía tengo tiempo.

—Como quieras. Te esperamos arriba.

Faltaban pocos minutos para terminar el embarque. Prácticamente todos los pasajeros lo habían hecho ya. Comenzó a llover con fuerza. El puerto estaba lleno de gente. Algunos se despedían, otros abandonaban la zona, otros esperaban para ver zarpar el buque bajo los paraguas. No podía comprender la razón de esta ausencia y era ya el momento de subir a ese barco si no quería quedarse en tierra. Sí. Era el momento. Decidió embarcar.

—¡Dino! —se escuchó gritar de lejos. Era ella.

Se giró de inmediato al oír su voz y ahí la vio. Corriendo hacia él, empapándose. Sin paraguas.

—Creí que no vendrías.

—No pude salir antes. Voy a extrañarte mucho.

—Yo ya comencé a hacerlo, mi amor —respondió él.

Un último beso, un abrazo y un estaré esperándote fue la despedida… y una lluvia impertinente que les caló hasta el alma. No había tiempo para más. Corrió hacia la rampa de embarque y ella abandonó el puerto con paso lento. No sentía ni la lluvia.

«No debí enamorarme así», pensó. No pudo reprimir las lágrimas. Él se marchaba y ella caía de nuevo de bruces a su realidad. A su rutina. En ese momento, mientras caminaba hacia el bar, fue realmente consciente de lo absurdo de su existencia. De la falta de amor, las carencias afectivas, el trabajo ingrato. Hubiera deseado comprar un billete y marcharse con él en el próximo barco que saliera a Mallorca, pero no fue capaz. Su religión, la moral y buenas costumbres de la época se lo impedían. Caminó empapada bajo la lluvia fría de marzo hasta el restaurante. Al entrar, empapada y con lágrimas en los ojos, su madre se le acercó enfadada.

—¿De dónde vienes? ¡Estás chorreando! —vociferó.

—Ahora no, mamá. Ahora no —dijo en un tono de voz casi imperceptible.

—Ahora no, ¿qué?

—Que ahora no estoy para broncas. Me cambio y bajo —dijo mientras subía las escaleras.

En menos de 15 minutos, Fina ya estaba atendiendo mesas. Al mediodía el restaurante se llenó y el trabajo era agotador. La tarde la pasó ayudando en la cocina y, a la hora de las cenas, el restaurante se llenó de nuevo. Dos mesas pedían la cuenta y cinco personas esperaban de pie en la entrada. Jaime estaba en la barra. Fina traía en una sola mano dos platitos con el dinero de otras dos mesas para ser cobradas. Un billete quedó pegado bajo uno de los platos y su padrastro pensó que faltaba dinero.

—Aquí falta dinero —le gritó.

—No puede ser. Lo conté en la mesa y estaba bien.

—Falta dinero. ¡Inútil! ¿No lo ves? Cuenta.

En ese momento el billete se despegó y Fina miró a su padrastro esperando una disculpa que no se produjo.

—Aquí estaba… —dijo malhumorado—. ¡Atiende la mesa del fondo!

La mesa del fondo. La mesa de los músicos. Esa noche estaba ocupada por un matrimonio holandés. Tremendamente elegantes. Hablaban perfectamente español, aunque entre ellos conversaban en su idioma. Vivían en Barcelona, pero era la primera vez que entraban en La Alcoyana. Fina se acercó a atenderles con un nudo en la garganta y las lágrimas a punto de estallar.

El matrimonio pidió una cena ligera. Venían de pasar unos días en Holanda. No conversaban mucho entre ellos. Parecían cansados. Observaban a Fina moverse con destreza, cargada de platos por el comedor, pendiente de todo y de todos. En un cruce de miradas, el señor pidió la cuenta con un gesto. Cuando Fina fue a llevársela, el señor le preguntó:

—¿Sabe usted de alguna señorita que pudiera venir a trabajar de asistenta a nuestra casa? Sería interna, por eso tendría que ser alguien de confianza y total disponibilidad.

Sin pensárselo dos veces, respondió:

—Yo misma, señor.

Se quedó tremendamente sorprendido y en su triste mirada pudo ver que algo le pasaba.

—¿No te sientes bien aquí? —le preguntó, pasando al tuteo en clara señal de empatía y complicidad.

—No, señor. Los dueños son mi madre y mi padrastro y no, no estoy bien aquí.

El señor miró a su esposa, que miraba atenta a la joven.

—¿Cuándo quieres empezar? —preguntó la señora, ante la mirada sorprendida de su esposo.

—Por mi parte, mañana mismo.

—Entonces estaremos encantados de tenerte en casa —respondió el señor—. Empiezas mañana. Interna y sábados y domingos libres.

Al ponerse en pie, Fina les puso el abrigo a los dos. El señor le dio una tarjeta de visita.

—Te esperamos mañana a las nueve —le dijo.

Cuando Jaime estaba haciendo caja y su madre ya cerraba las puertas del restaurante, Fina les comunicó que se marchaba.

—Me han ofrecido un trabajo de asistenta interna. Me voy. Mañana empiezo.

—Tú misma —respondió su madre.

Aquella rápida respuesta, sin ningún asombro ni sentimiento de ninguna clase, ni siquiera enfado, ni sorpresa por parte de su madre, hizo sentirse a Fina indiferente a los ojos de su madre.

—Si quiere, mamá, puedo venir los fines de semana a ayudar. Los tendré libres.

—Pues menos mal —dijo su madre con cara de pocos amigos—. ¿Los de la mesa del fondo, verdad? No son españoles…

—No. Son holandeses. Señores Van den Bossche —le respondió mientras leía la tarjeta.

Su madre no respondió. Pasaba una bayeta por la barra y ni miraba a su hija. Jaime seguía haciendo caja sin abrir su boca. Era como si no fuera con él el tema.

Fina les miró con tristeza. Ninguno de los dos le dirigía la mirada.

—Buenas noches, mamá.

—Buenas noches —respondió su madre.

Subió las escaleras mientras se quitaba el delantal. Esa misma noche, metió en una sola maleta toda su ropa y, al día siguiente, a las ocho de la mañana, bajó al comedor. Apuntó el teléfono de los señores Van den Bossche en una agenda que estaba al lado de aquel negro teléfono de pared.

—Estaré aquí… por si me llama alguien, le da el teléfono, mami.

—Hasta el sábado.

—Hasta el sábado, mamá.

—¿No desayunas?

—No tengo hambre. Adiós, mami.

Tenía el estómago cerrado. Se iba de su casa. Ni un beso. Mucho menos un abrazo. Su madre, tras la puerta de cristal del bar, observó cómo se alejaba con su maleta en la mano.

A las nueve en punto, ya estaba en aquel lugar, regalo del destino. Llamó al timbre. Fue la señora Van den Bossche quien le abrió y la recibió con un tierno abrazo y un beso en su mejilla, que sorprendieron mucho a Fina. Una desconocida la recibía en su casa con un abrazo y un beso, muestras de cariño que no estaba acostumbrada a recibir.

—Estás en tu casa, hija. Ven, te enseñaré tu cuarto.

—Sí, señora. Gracias.

—Puedes llamarme *oma*. Es abuela en holandés.

—Y a mí *opa* —dijo el señor Van den Bossche, que en ese momento salía del salón.

—Puedes acomodar tu ropa en este armario. Dime si necesitas más perchas.

Abrió una pequeña puerta.

—Aquí tienes tu cuarto de baño. Es pequeño, pero solo es para ti. Tu trabajo consistirá en los típicos trabajos de casa. ¿Sabes cocinar?

—Perfectamente, señora… perdón… *oma*. Suelo trabajar también en la cocina del restaurante.

—Eso es estupendo —añadió el señor Van den Bossche.

Dejaron a Fina acomodarse en aquella acogedora habitación enmoquetada. Con unas cortinas color granate de terciopelo. Amueblada con lujosos muebles estilo Luis XV. A Fina, esa habitación le pareció un lujo, era una pequeña *suite* solo para ella y, la candidez del recibimiento, un milagro.

—Tiene una mirada angelical, ¿verdad? —preguntó la Oma a su marido.

—Tiene la mirada muy triste —respondió él—. Intuyo que no tiene una vida fácil.

—Aquí encontrará cariño. Me gusta esta chica.

—Sí, ciertamente… a mí también. Se ve inteligente.

Fina no tardó en acomodar sus cosas. La compenetración con aquel matrimonio nació desde el primer contacto en aquella mágica mesa del fondo del restaurante La Alcoyana. En aquella mesa tuvo su primer encuentro con Dino, ese ser que le devolvió la ilusión y del que se enamoró escuchándole tocar aquel bello bolero en la radio. Casualidades de la vida, o no, en esa misma mesa encontró a las personas que se convirtieron en sus ángeles protectores.

Fina pasó a ser no solo la asistenta del hogar, quien con destreza y una gran organización se encargaba absolutamente de todo, hasta de las compras, sino que, en apenas unos días, se convirtió en una hija más. El matrimonio tenía hijos varones ya casados. Para la señora Van den Bossche fue como esa hija que no llegó, y Fina supo corresponder con todo el amor que llevaba dentro reprimido. El señor Van den Bossche, a veces, se ausentaba tres o cuatro días por asuntos de negocios y, al llegar la noche, Fina se sentaba sobre la gran alfombra del salón, junto a los pies de la señora, mientras le escuchaba con atención contarle sus vivencias. También Fina le explicaba sus cosas… y le habló del pianista.

—Así… Esa llamada que recibes a diario, ¿es de Dino?

—Sí. Son apenas cinco minutos, pero es todo lo que necesito para saber que me quiere.

—¿Quién no te va a querer a ti, mi pequeña? —dijo mientras se levantaba de su gran sillón—. Voy a acostarme. Es tarde.

—Que descanse, *oma*.

—Descansa tú también, hija. Buenas noches.

—Buenas noches, *oma*.

CAPÍTULO 7

MALLORCA PEGANDO FUERTE

Los años 60 fueron unos años dorados para las orquestas y conjuntos en la isla. Hoteles que tenían música en vivo donde los conjuntos del momento actuaban cada noche. Era el auge del turismo y de las orquestas. Se cuidaba todo, la puesta en escena, el vestuario, el sonido… todo era un espectáculo. Los Tico Tico coincidieron con Estela Raval y Los Cinco Latinos, con quienes ya tenían amistad desde Buenos Aires. Era una época de grandes cantantes, El Dúo Dinámico, Raphael y un gran elenco que venían de todas partes a actuar a Mallorca.

Les llovían los contratos, pero ya en Barcelona empezaron a surgir desavenencias con los dos directores. Quique empezó a fraguar la idea de montar su propio conjunto. Al poco tiempo de estar en Mallorca, se reunió con Pepe Ricciardelli, Ramón y Dino. Les comunicó que iba a separarse de Carlos Corriale y les propuso irse con él. Quique ya lo tenía todo pensado. Estela Raval, al decirle Quique que se quería separar de Carlos y montar su conjunto, le contó que había en Cádiz una cantante que le gustó mucho. Actuaba en los Rosales de Cádiz. La conocieron tras una actuación de Los Cinco Latinos en esa ciudad. Su nombre era María José.

—Entonces… ¿Hay que ir a buscar a la cantante a Cádiz? —preguntó Dino.

—Sí —respondió Quique—. Seremos Quique Roca y su conjunto.

—Por mí de acuerdo.

—Por mí también —respondió Ricciardelli.

—Hay que decírselo a Lito, tal vez, él también venga con nosotros —dijo Quique.

—*Okey*, yo le digo —apuntó Dino mientras acababa su café de un trago—. Voy a llamar a Fina. Siempre llamo a la misma hora.

—¿Cómo anda? —preguntó Quique.

—Bien, bien…

—Dale recuerdos nuestros.

—Así lo haré.

Las semanas se sucedían y las llamadas telefónicas también. Al terminar de trabajar, solía escribirle cartas, le enviaba postales de la isla. Aquella noche le escribió la carta que ella conservó siempre…

Mi querida Finita,

Son casi las cuatro de la mañana. Como cada noche, vos sos mi último pensamiento del día y mi primero al despertar. Estás siempre en mi mente. No sabés cómo te extraño. No llega al mes desde que salí de Barcelona y me parece una eternidad. ¿Sabés? En breve viajaremos a Madrid. Quique nos habló a cuatro músicos y a mí. Quiere montar su propio conjunto. La orquesta se divide. Los Tico Tico se separan. Seremos Quique Roca y su conjunto. Intentará contratar una cantante. Parece que casi la tenemos. Viajará a Cádiz a contratarla. Así que creo que me queda poco tiempo en Mallorca. Vamos a volver a Madrid, parece ser que nos contrata la sala Florida Park. Pero, ¿qué estoy haciendo contándote cosas de trabajo si lo que quiero decirte es algo que ya no puedo callar más? No puedo vivir tan lejos de vos. Me parece verte por todos lados. Cierro los ojos y veo los tuyos, Jamás sentí por nadie lo que siento por vos y jamás extrañé a nadie de esta forma. Tengo tan claro que sos mi destino, mi amor eterno. Quiero despertar cada mañana a tu lado. Quiero respirar el mismo aire. Compartir cada instante. Caminar de la mano. Envejecer a tu lado. Quisiera que unamos nuestras vidas hasta que la muerte nos separe. Sí, Finita, quiero casarme con vos. Casémonos. Dos personas que se aman no pueden estar tanto tiempo separadas. Ojalá vos lo tengas tan claro como yo y muy pronto seamos el uno para el otro, que caminemos siempre juntos, tomados de la mano como hacíamos en Barcelona. No separarme de vos ni un solo instante. Despertarme y ver que estás a mi lado, quedarme dormido escuchando el latir de tu corazón. A mis 35 años, jamás sentí lo que siento por vos. Tenés 24 años, sos muy joven, pero te prometo que viviré por y para vos y te convertiré en la persona más feliz de la Tierra.

Siempre tuyo, DINO

Al día siguiente, echó la carta al buzón y, justo en el momento en que soltó la carta, murmuró:

—Ufff… ¡No! ¡Cómo voy a pedirle matrimonio

por carta! ¡Qué picia la mía... boludo! Tengo que llamarla.

Era sábado. Sabía que los fines de semana estaba en el restaurante.

Un camarero atendió el teléfono.

—Fina, es para usted. De parte de Dino.

Fina corrió al teléfono.

—Hola, mi vida. ¿Cómo estás? No esperaba tu llamada tan temprano.

—Bien. Anoche te escribí una carta...

—Yo también te escribí, pero aún no la envié. Mañana la envío —dijo ella.

—No puedo esperar a que la recibas. No puedo esperar ni un día más sin decirte algo. Tengo que decírtelo ya.

—¿Qué intentas... decirme? —preguntó—. Dino... dime...

—¿Querés casarte conmigo?

—¿Casarnos? ¿Tan pronto? Estas cosas hay que pensarlas muy bien. —Rio ella.

—¿Qué tenés que pensar?

Fina enmudeció unos instantes.

—¿Hablas en serio?

—Nunca hablé más en serio —respondió él—. Para casarse no hay que pensar nada. Solo hay que estar enamorado.

—¿Cuándo? —titubeó ella.

—Cuanto antes. ¿Ese cuándo es un sí? —preguntó riendo.

—Claro que es un sí —casi gritó ella.

—Prepará todo vos. Yo no puedo, y dime lo que necesitás.

—Sí, mi amor. Descuida. Yo me encargo de todo.

—No sabés lo feliz que soy —le dijo él.

—Yo estoy pellizcándome. Temo que todo haya sido un sueño y me vaya a despertar en cualquier momento.

—Es un sueño, un sueño hecho realidad. A veces… sucede. ¿Creés en el destino?

—Nunca me paré a pensar en él.

—Pues comenzá a pensarlo. Vos sos mi destino y yo el tuyo.

—No te imaginas lo que daría por estar ahora cerca de ti —le dijo ella a media voz.

—Pronto estaremos juntos. Muy pronto. Dime qué papeles he de pedir a la Argentina. Mi madre me enviará todo urgente. No puedo vivir más tiempo tan lejos de mi amor.

—Yo tampoco. No sabes cómo te encuentro a faltar.

—Te llamo mañana.

—Hasta mañana.

—Te adoro.

Las llamadas eran diarias pero cortas. Las hacía desde una de esas cabinas telefónicas que funcionaban con monedas, ya inexistentes. Le insertaba una moneda de cinco pesetas, el famoso duro. Cuando se acababa, sonaba ese pitido indicador del fin de la conversación. Apenas cinco o seis minutos.

Tan pronto colgó el teléfono, salió corriendo a la cocina, donde estaba su madre y su padrastro.

—¡ME CASO! —gritó.

—Con ese chico vas a ser una desgraciada —dijo su padrastro pensando que iba a casarse con Fermín—. Ha venido un par de veces preguntando por ti, con esa cara de amargado. No entiendo nada. Pero vas a ser…

—Voy a ser muy feliz —cortó ella la frase de

Jaime—. Me caso con Dino. El pianista.

—¡Tú estás loca! Pero que muy loca —le dijo su madre asombradísima.

—Nunca estuve más cuerda, mamá.

—Salgo un momento.

—Pero, ¿dónde vas? —gritó su madre—. ¡Hay que hacer las tapas! ¡Son las diez de la mañana!

Salió corriendo. No podía esperar al día siguiente. Fue a ver al párroco de la Iglesia Santa Mónica, muy cerca del restaurante. Pudo hablar con el párroco. Le pidió partida de nacimiento, certificado de antecedentes penales y de soltería, lo típico de la época al ser extranjero. La documentación la envió certificada urgente la madre de Dino. Se encargó de preparar completamente todo.

CAPÍTULO 8

QUIERO CONOCERLO

Esos días, Fina estaba feliz, ilusionada, irradiaba energía por cada poro de su piel.

Unos días antes de la boda, Dino tomaría un avión a Barcelona a primera hora de la mañana para probarse el traje de novio que Fina le compró. Un viaje relámpago para ese fin. Por la tarde, tomaría otro avión de regreso a la isla, donde permanecería hasta el día 1 de junio. Último día con Los Tico Tico.

Los señores Van den Bossche veían a Fina tremendamente feliz y temían que fuera un error garrafal en su vida. Apenas hacía dos meses que vivía con ellos, pero la querían con locura y les preocupaba el destino de esa joven, que consideraban ya una hija. La conexión entre ellos fue mágica desde el primer momento. Desde ese preciso instante que ella se brindó a trabajar en su casa, surgió tal ternura que pareciera existir un parentesco en una vida anterior. Nació un cariño inmenso por ambas partes.

A las cuatro de la tarde, cada día, Fina servía el té con pastas al matrimonio y, cuando se disponía a volver a la cocina, el señor Van den Bossche le pidió que trajera otra taza y se sentara a tomar el té con ellos. La joven así lo hizo.

—¿Cuándo me dijiste que vendría Dino a probarse el traje? —preguntó el señor Van den Bossche.

—El martes, *opa*. Estará aquí a las 9 de la mañana y a las siete de la tarde regresa a Mallorca.

—¡Qué precipitado todo! ¿Por qué esas prisas?

—No son prisas, *opa*. Es el trabajo. En junio ya empiezan a tocar en Madrid y queremos estar juntos. Me quiero ir con él.

—Doce años mayor que tú. Un italiano que vive en Argentina. Músico… lo conociste hace apenas dos meses, pero habéis estado juntos apenas una semana… aunque hayan habido llamadas diarias y cartas y postales… no lo conoces.

—Tiene razón, *opa*, pero estoy locamente enamorada. Sé que no me equivoco. Me lo dice mi corazón. Nunca he querido así. Me da pena dejarles, pero…

—No nos preocupa que nos dejes. Ya encontraremos a alguien. Eso no es problema. Nos preocupas tú, hija —le cortó la señora Van den Bossche.

—¡Quiero conocerlo! —dijo él—. Invítale a tomar café el martes. Aquí. En casa. Después nuestro chofer le llevará al aeropuerto.

—De acuerdo —respondió Fina—. Estoy segura de que les va a gustar.

—El martes tomate el día libre, así podrás acompañarle al sastre —dijo la señora tomando la mano de Fina.

—Gracias, «omita».

—De nada, hija —respondió ella riendo.

—Les dejo degustar tranquilos estas galletas de mantequilla que hice esta mañana. Permiso…

Fue directamente a su cuarto. Cerró con cuidado

la puerta y comenzó a dar saltos de alegría. Querían conocerle. Se sintió arropada, protegida. Estaba segura de Dino, pero estaba viviendo una etapa de su vida en la que necesitaba una figura paternal que pudiera orientarla. Todo lo había organizado sola y tan solo tenía 24 años. Era muy madura para su edad, pero necesitaba la figura de unos padres. En un momento así no pueden faltar, y ella no los tenía.

Y el martes llegó. Fina, a las nueve de la mañana, esperaba impaciente a Dino en el aeropuerto. Se vieron al momento, no importaba la cantidad de gente que hubiera en aquella zona de llegadas. Ellos podían localizarse entre la multitud en un segundo. Dino corrió a su encuentro. Se fundieron en un abrazo.

—Estás preciosa —dijo mirándole a los ojos.

—No sabes cuánto te he echado de menos, Dino.

—Y yo a vos.

—Tengo el día libre. Hay muchas cosas que hacer y te llevaré a tomar café a casa de los señores Van den Bossche. Quieren conocerte. Son encantadores. Los adoro. ¡Ufff, estoy tan feliz! Parece que se me va a saltar el corazón del pecho.

—Sí, ya te veo. Me encanta verte tan contenta. Vamos, mi amor.

Fueron al sastre, a comprar la camisa, pasearon y picotearon unas tapas en la Barceloneta y después se dirigieron a casa de los señores Van den Bossche. A las tres de la tarde, tal y como le dijo la señora Van den Bossche, subían por aquellas enormes escaleras de caracol de mármol blanco. Fina sacó de su bolso las llaves y abrió la puerta, no sin antes llamar al timbre.

—Pasa, pasa —le dijo nerviosa a Dino. Deben esperar ya en el salón.

Efectivamente. Los señores Van den Bossche esperaban sentados en sus respectivos sillones. Nada más entrar la pareja en el salón, el matrimonio se puso en pie y se acercaron a saludarles. Fina hizo las presentaciones un tanto ruborizada. Para el matrimonio no pasaron desapercibidas la educación y las buenas formas del pianista desde el primer instante. Su saludo con esa leve reverencia al estrechar la mano de la señora, la forma de dar la mano al caballero, mirando a los ojos, esa mirada cálida y transparente, esa mirada que rápidamente dirigió al rincón del salón. Frente al ventanal había un precioso piano de cola.

—Es un Steinway —exclamó el pianista.

—Sí, ¿le apetecería tocarlo? —preguntó el señor Van den Bossche.

—Con gusto. Cómo no —respondió él.

Se dirigió al piano, se sentó y, con una sonrisa, preguntó:

—¿Qué desean escuchar?

—El *Adagio de Albinoni* —respondió la señora.

—Precioso tema —dijo el pianista mientras comenzaba la canción pedida, que interpretó maravillosamente y que enlazó con *Adiós nonino*.

—Está desafinado —dijo mientras se levantaba y cerraba cuidadosamente la tapa sobre el teclado.

—Ciertamente. Hace años que nadie lo toca. Mi hijo mayor estudiaba piano, pero, al entrar en la universidad, lo dejó y cuando viene a visitarnos ni lo mira.

—Sí, siempre tocaba el *Adagio de Albinoni* cuando venían visitas —dijo riendo su esposa.

—Ah… por eso lo pidió —dijo sonriendo el pianista—. ¿Sabe? en realidad el *Adagio en sol menor* se le atribuye a Albinoni, pero realmente fue un tema compuesto en 1945 por el musicólogo italiano Remo Giazotto.

—Interesante… no lo sabía… —respondió el señor Van den Bossche.

—El día que venga con más tiempo, yo se lo afinaré.

—Muchísimas gracias. Le acepto el ofrecimiento encantado.

—Voy a preparar el café —dijo Fina.

—Gracias, querida —respondió la señora—. Sentémonos.

Educadamente, Dino esperó que tomaran asiento ellos dos para hacerlo él.

—Disculpe mi ignorancia… Enlazó el adagio con un tema precioso que no conozco… —dijo el señor Van den Bossche.

—No es ignorancia. No hace mucho que nació este tema. Es de mi amigo Astor Piazzola. La compuso hace dos años, al fallecer su padre. Toca el bandoneón maravillosamente y compone. Son de Mar del Plata, su familia y la mía son muy amigas. Él y yo íbamos juntos al conservatorio de pequeños.

—Joven y brillante, hay que ser muy brillante para componer una pieza así.

—Sí, es un gran compositor. A los diez años, ya tocaba el bandoneón. Es cuatro años mayor que yo. Un fuera de serie.

—¿Su padre se llamaba Nonino? —preguntó la señora llena de curiosidad.

—No. Se llamaba Vicente, pero en casa le llamaban *nonino*. Es abuelito en italiano.

—Usted toca muy bien el piano. ¿A qué edad empezó? —preguntó él.

—A los ocho años. Mi papá es trompetista. Un compañero suyo fue mi primer profesor —respondió.

En ese momento, Fina apareció con la bandeja de los cafés y los dulces.

—Aquí está el café —dijo mientras colocaba las tazas y servía el café.

—Las pastas están hechas por ella. Es una cocinera excelente —explicó la señora Van den Bossche mirando tiernamente a Fina.

—Fina es una chica maravillosa, es muy inteligente, pero no se confíe, tiene un fuerte carácter —dijo su esposo.

—Me gustan las personas con carácter —respondió sonriendo mientras la miraba.

—¿Le apetece fumar?—preguntó el señor Van den Bosche, mientras sacaba su pipa.

—No, gracias. Fumo un solo cigarrillo al día, antes de actuar.

—Eso no es fumar, entonces.

—No, no lo es. No sé ni inhalar el humo.

—¿Le molestaría el humo de mi pipa? —preguntó antes de encenderla.

—En absoluto. Trabajo rodeado de humo y ese olor dulzón del tabaco de pipa me agrada.

La señora Van den Bossche se limitaba a escucharles sin perder detalle de los gestos y las palabras de Dino. No perdía en ningún momento la sonrisa. Llevaba siempre los labios pintados con un rojísimo carmín que resaltaba la blancura de sus dientes.

—Hablan muy bien el español —observó Dino.

—Llevamos muchos años en Barcelona. Yo suelo viajar mucho a Holanda. Nos encanta España.

Fina miraba a Dino con una admiración que no

podían ocultar sus ojos y al matrimonio no les pasaron desapercibidas esas discretas y rápidas miradas que se cruzaban entre ellos. Evidentemente, el amor era palpable. Aquel café no se alargó mucho. La conversación transcurrió plácidamente. Las preguntas fueron discretas y nada entrometidas. Apenas pasaban unos minutos de las cuatro de la tarde cuando Dino, mirando su reloj, dijo:

—Discúlpenme, pero debería irme. Mi avión sale a las siete de la tarde y no sé cómo andará el tráfico.

—Por supuesto. No tiene por qué disculparse. Es mejor ir con tiempo. Mi chofer le llevará.

—No se molesten, puedo tomar un taxi.

—De ninguna manera. Él le acompañará.

—Encantado de conocerla, señora Van den Bossche —saludó cortésmente estrechando su mano.

—Fue un placer, Dino —respondió ella.

—Le prometo afinar el piano la próxima vez —dijo mientras estrechaba la mano del señor.

—Muchísimas gracias —respondió.

—Fue un placer conocerles. Gracias.

Fina acompañó a su novio hasta el coche, donde ya esperaba el chofer, no sin antes preguntarle:

—¿Qué te han parecido?

—Si te digo la verdad, lo que más me ha gustado de ellos es que he podido ver que te adoran.

—Sí. Y yo a ellos. He recibido en estos dos meses más amor que en toda mi vida.

—Tenemos tantas cosas que contarnos… —dijo Dino mirándole con una gran ternura.

—Tenemos tanto por vivir… —respondió ella.

—¿Está todo preparado para el próximo martes? —preguntó—. Yo el sábado a la mañana ya vengo.

Pararé como siempre en El Abrevadero.

—Todo preparado, menos los anillos y recoger los trajes. En esta semana los compro —respondió ella—. Préstame el que llevas puesto para la medida.

Dino sacó de su dedo anular un anillo de oro con un rubí y se lo entregó a ella, que se lo puso en su dedo corazón.

—Vaya… me va bien en mi dedo corazón —dijo mirando el anillo.

—Pues no vuelvas a quitártelo. Llévalo siempre tú.

—¿Seguro? Tal vez este anillo…

—Este anillo es tuyo —cortó él—. Todo mi mundo te pertenece, sos la dueña de mi vida.

Se fundieron en un abrazo y un largo beso.

—En una semana… Somos marido y mujer… hasta que la muerte nos separe —le dijo Dino mirando los ojos azules de Fina.

—Te quiero

—Y yo…

Fina subió las escaleras corriendo. El matrimonio seguía sentado en el salón.

—¿Qué le ha parecido, *opa*? —preguntó dirigiéndose a él.

—Vas a ser muy feliz —respondió él.

—Gracias. Estoy tan feliz —respondió ilusionada.

—Es todo un caballero —observó la señora.

—Sí… vas a ser muy feliz. Vas a encontrar la felicidad que mereces —le dijo tomándole la mano y mirando fijamente a Fina, que ni respiraba.

—Y si nos lo permites, seremos los padrinos de boda.

—Nada me haría más ilusión. Para mí, son ustedes más que mis padres. Nunca olvidaré tanto amor

—respondió la joven con lágrimas en sus ojos.

—No llores, siempre estaremos pendientes de ti —respondió él.

—Veo que llevas su anillo —observó la señora.

—Sí, se lo pedí para comprarle el anillo.

—Buena idea, hija. Mañana mismo iremos las dos a mi joyero. Será nuestro regalo.

—Mil gracias. Gracias. No tengo palabras.

Fina rompió a llorar. Era una tormenta emocional en su ser, que se desató en ese momento. La señora Van den Bossche se levantó de su sillón y abrazó a la joven.

—No llores. Ya has escuchado a *opa*. Vas a ser muy feliz.

—Es de felicidad, «omita», es de felicidad.

Y así, un 6 de junio de 1961, 79 días después de verse por primera vez en el restaurante, se daban el «sí quiero» ante el estupor de todos y el temor de Fina a que apareciera Fermín en la iglesia. Su silencio era preocupante. No volvió a llamar, no pasó por el restaurante más. Era un silencio que le hacía pensar que algo tramaba. No fue así. Parecía engullido por la tierra o, tal vez, ya estaría saliendo con la chica con la que le vieron. Pocos invitados. No llegaban ni a 20 personas. Los señores Van den Bossche fueron los padrinos de boda. Un banquete sencillo en La Alcoyana y la noche de bodas la pasaron en el Hostal El Abrevadero, en la misma habitación que, un par de meses antes, él abandonaba con tanta tristeza y donde soñó por primera vez con ella.

El 7 de junio amanecieron abrazados en aquella acogedora habitación.

—Buenos días —le dijo Dino con voz bajita—. No sabés lo linda que sos cuando dormís.

—Buenos días —respondió ella acariciando su cara.

Él, abrazando a su mujer y sonriendo, le dijo:

—Estamos recién casados… no tenemos luna de miel… porque esta noche ya actuamos en Florida Park… no tenemos piso, ni ajuar…

—Ni falta que nos hace —le cortó ella poniendo un dedo en su boca—. Estamos juntos. Te tengo a ti, me sobra el mundo. No necesito nada más.

—Tenemos que ir a desayunar y salir para el aeropuerto. Cuando lleguemos a Madrid, nos alojaremos en una pensión ubicada en la Gran Vía. Allá se encuentra ya el conjunto —le explicó Dino. A ella parecía no importarle nada. Ni dónde iban a ir, ni dónde iban a vivir, ni con quién. De la mano de él, se dejaría llevar al fin del mundo.

Bajaron a desayunar. Llamaron a un taxi y cargaron cuatro maletas. En esas cuatro maletas llevaban todo cuanto tenían.

A mediodía despegaba aquel Iberia que les llevaría a Madrid. Se miraban. Se sonreían. Eran como dos adolescentes ilusionados y enamorados.

—Tengo la sensación de volar —le dijo mientras apoyaba su cabeza en el hombro de Dino.

—Yo también —le respondió él sonriendo—. Estamos volando los dos rumbo a Barajas.

—Te estoy hablando en serio. Tengo la sensación de haber escapado de una vida que no era vida. Al conocerte a ti, he sabido lo que es estar enamorada. Me siento feliz, ilusionada.

—Has escapado de una vida que no era la que el

destino tenía para vos.

—Siempre mencionas al destino —observó ella.

—Creo en él.

Tras unos minutos de silencio, en los que Dino pensaba que solo ese destino podía ser la explicación a este flechazo, miró a su mujer. Estaba recostada en su hombro y se había quedado profunda y serenamente dormida. En realidad, apenas se conocían y ya estaban casados.

CAPÍTULO 9

RECIÉN CASADOS

La década de los 60 se proclamó como la era del gran desarrollo económico español. El *boom* del turismo, la liberación femenina, el movimiento yeyé y, por supuesto, la música.

En aquel Madrid de los sesenta, era habitual poder ver al Dúo Dinámico, a Raphael, Manolo Escobar, Los Brincos. La noche madrileña era pura música. Sus *boîtes*, sus salas de baile…

Micheleta y Florida Park fueron las dos salas de fiesta donde actuaba el conjunto de Quique Roca. Solían tener dos orquestas que se alternaban. La vida de los músicos era nocturna. Era habitual acostarse muchas veces cuando empezaba a amanecer.

Fina solía acompañarlos.

En aquella mañana de agosto, Fina miraba esa emblemática Gran Vía madrileña apoyada en el alféizar de la ventana. Aún no podía creer lo que estaba viviendo. Las noches de fiesta, los ensayos del grupo… eran como una familia. A veces tenía la impresión de haberse casado con siete hombres. Vivían en la misma pensión. Una pensión muy antigua de suelos de madera que crujían al caminar. Solían comer todos juntos. Hacía apenas dos semanas que se había incorporado María José, la cantante que Quique fue a contratar a Cádiz. Quique le cambió el nombre. Claudia. Vino con su madre, al parecer, su padre no consentía que su hija viniera a Madrid sola al ser menor de edad. Fina, con veinticinco años, y ella con diecisiete, eran las más jóvenes de esa peculiar «familia» y congeniaron desde el principio.

Ese tipo de vida es muy normal para los artistas. Los viajes, comer en restaurantes a deshoras, llevar una vida desorganizada… Para Fina, ese tipo de vida, al principio, era una montaña rusa de sensaciones y emociones jamás vividas. Una vida diferente. Una joven que a las siete de la mañana ya estaba en pie trabajando, que a veces ni el domingo tenía libre, este modo de vida era algo totalmente nuevo para ella. Era ahorrativa, austera, responsable, no tomaba alcohol. Sus hábitos alimenticios eran muy sanos y era muy metódica. Al llegar a Madrid todo fue diferente. Intentaba adaptarse a ellos. Según iban pasando las semanas, empezaba a hacerse pesado ese *modus vivendi*. Estaba enamorada, pero no estaba muy segura de si podría aguantar ese tipo de vida mucho tiempo. Dino salió de la ducha. Ella seguía absorta mirando la gente pasar. La observó. Estaba preciosa. Era bella, muy bella. Llevaba un camisón de raso largo blanco que dejaba al descubierto su espalda. Él se acercó a ella y, agarrándola por la cintura, besó suavemente su cuello. Ella permaneció impasible, nada receptiva, y a él no le pasó desapercibida aquella extraña actitud.

—¿Estás bien, mi amor?

—Sí. Voy a ducharme y vestirme. Habrá que bajar a desayunar —respondió seria.

—No me podés engañar. Vos no estás bien.

—Estoy cansada. Nos acostamos cuando el resto del mundo se levanta.

—Vení. Algo pasó. Sentáte acá.

La tomó de la mano y le pidió que se sentara en un sillón. Él agarró una banqueta y se sentó frente a ella. Entrelazando sus dos manos con las suyas y mirándola a los ojos con esa sonrisa cautivadora, le volvió a preguntar:

—¿Qué pasó? ¿No me querés contar qué hice o… qué no hice?

De repente vio en la mirada de su mujer una tristeza que jamás había visto antes, lo que le borró la sonrisa de inmediato, se quedó serio. Frunciendo la frente insistió:

—Pero mi amor, ¿por qué estás tan triste? Vamos, contáme.

—No eres tú, es todo. Salir hasta las tantas después de trabajar, levantarse tarde. Anoche Quique se pasó dos semáforos en rojo porque se pasó de copas, os pareció gracioso, a mí me pareció un peligro. Comemos fatal, tú a veces ni comes porque te vas a ensayar, yo acabo comiendo una tapa a desgana. No me puedo preparar ni un *pa amb tomaquet* con lo que sea a la plancha porque no tenemos ni una simple cocina… No tenemos horarios para nada. Vivimos al día como si no existiera un mañana. Tal vez no encajo aquí. Si esta es la vida que voy a tener, yo te quiero, y mucho, pero me vuelvo a Barcelona porque no la aguanto.

La mirada de él cambió por completo. Quedó desconcertado. Le estaba diciendo que se iba.

—Yo te quiero, Fina. Yo ya no concibo mi vida sin vos. No te quiero perder. Todo esto que decís, tiene arreglo. No podemos separar nuestras vidas así por nada. Dime qué querés que haga y lo haré. Haré lo que me pidas. No llevamos ni tres meses casados y estabas feliz y haré lo que sea para que siga siendo así. Tu felicidad es lo único que deseo.

—No voy a pedirte nada. Yo quiero una vida más tranquila, organizada. Tu vida es diferente y no te puedo pedir que la cambies por mí. Somos muy diferentes y yo…

—Está bien, está bien. Pará. Todo tiene arreglo. Vamos a buscar hoy mismo algún pisito lindo para alquilar, que tenga su cocinita y podamos comer tranquilos los dos. Cuando acabemos de tocar, a dormir. Se acabó la farra, me da igual. Sí, mi amor, yo no me di cuenta de que este tipo de vida no era para vos, que no estabas feliz. Lo voy a arreglar. Vos vas a ver. Todo lo voy a arreglar.

Se vistió deprisa y, con una serena sonrisa, le dijo abriendo la puerta:

—Enseguida vuelvo. —Y la puerta se cerró tras él.

Salió a paso rápido. Uno de los músicos de Los Cinco Latinos vivía en la calle Ilustración, muy cercana a la Gran Vía. Eran muy amigos y pensó en ir a preguntarle si sabía la existencia de algún apartamento en alquiler por esa zona. No tardó ni diez minutos en llegar al edificio.

—¿A dónde va, señor? —le preguntó la portera. Una señora de unos 60 años, vestida con un delantal de cuadros azul marino y un *foulard* en la cabeza que intentaba tapar unos rulos.

—Voy a visitar a Carlos. Carlos Antinori.

—Sí, primero derecha.

No eran ni las doce del mediodía. Para el mundo,

casi la hora del vermut, para ellos, hora del desayuno. Antinori abrió la puerta con su taza de café y su albornoz.

—Cheee, pibe, ¿qué hacés tan temprano? ¿Qué pasó?

—Que el hombre propone y la mujer dispone…

—¿Era así? —preguntó riendo—. Creo que es el hombre propone y Dios dispone.

—Da igual, a ver si me puedes ayudar a encontrar un pequeño apartamento para alquilar. Fina no se encuentra bien en la pensión.

—Justamente el piso de arriba se alquila —le dijo—. La portera tiene llave. Esperá. Me visto y te acompaño.

La portera estaba sentada en aquel pequeño habitáculo donde pasaba el día entero. Casi todos los edificios tenían porteros y siempre se encontraban en ese pequeño despachito, la portería. Los dos hombres se dirigieron a ella.

—Señora Felisa, mi amigo busca un apartamento por acá y creo que la pareja de arriba mío se fue. ¿Sabe si está disponible y lo que piden?

—Cierto, se fueron la semana pasada.

Le informó del precio mientras miraba a Dino de arriba abajo.

—Me parece bien —dijo Dino súbita y rápidamente.

La mujer, cogiendo unas llaves, le dijo:

—Subamos a verlo entonces.

—No. Mejor voy a buscar a mi señora y le muestro. Prefiero verlo con ella.

Antinori acompañó a su amigo hasta la calle.

—En realidad, el departamento es igual al mío. Justo al lado vive Estela y su marido. Pienso que acá Fina estará bien.

—Espero que sí —contestó Dino preocupado—. Voy a buscarla y le muestro.

La pareja vio ese apartamento de tres dormitorios, cocina, salón comedor y cuarto de baño. De muebles viejos y muy antiguo todo. No tenía ni cortinas, pero daba igual. Sería su casa, su hogar, su nido de amor donde tener un poco de intimidad. Al día siguiente, ya estaban instalados en el piso.

Ese primer año de casados vivían viajando de un lado para otro. Ella le acompañaba en todos los viajes. Eran la pareja inseparable y, aunque su residencia estuviera en Madrid, se la pasaban haciendo maletas. Vigo, Santander, Barcelona, Sevilla. Cuando acabó la feria de Sevilla y volvieron a Madrid, ya abandonaron aquel piso. Mallorca les esperaba. Esta vez tenían contratos desde mayo hasta primeros de octubre. Cinco meses que vivirían en la isla.

Estaban preparando las maletas para viajar a la isla cuando llamaron a la puerta. Era el portador de telegramas.

—Le traigo un telegrama de Mar del Plata, señor.

El corazón de Dino se encogió y le provocó una punzada en la boca del estómago. Con manos temblorosas, Dino leyó en voz alta.

«Falleció papá».

Fina se acercó. Lo abrazó. Su padre tenía 65 años, muy joven para morir. Una muerte tan rápida e inesperada que no pudo despedirse. Era un gran trompetista. Le llamaban Labios de Fierro. Era miembro de la Banda Municipal de Mar del Plata y cada noche tocaba en una sala de fiestas de la ciudad.

—Tengo que salir a llamar a mi mamá —dijo

abrazando a su esposa.

Salió de casa con las lágrimas en los ojos y cabizbajo. Aún no podía creerlo. Caminó hasta el locutorio caminando lentamente, sin levantar la cabeza, mirando el suelo.

—Quisiera hacer una llamada a Mar del Plata —le dijo al chico que estaba tras el mostrador.

—Dígame el número, señor —respondió el chaval que, tras marcar el número, le indicó—: Cabina número dos, señor.

Al otro lado del océano la temblorosa y triste voz de su hermana respondía la llamada.

—¿Dígame?

—Haydée… ¿Qué le pasó a papá?

—Fue inesperado. Se descompuso. Lo llevamos al hospital y no se pudo hacer nada. Parece que fue el corazón.

—¿Cómo está mamá?

—Está bien. Ella es dura, ya lo sabes. No está en casa ahora. Salió a hacer unas gestiones. Le diré que llamaste.

—No puedo venir, Haydée. No puedo viajar ahora.

—No te preocupes. Tampoco llegarías a tiempo. Mañana es el entierro.

Se le rompió la voz escuchando a su hermana llorar. No podía articular palabra.

—Tengo que cortar, hermanita. Cuídate, por favor, y cuidá a mamá, por favor te lo pido.

—No te preocupes, Dino. No te preocupes.

En su cabeza se agolparon infinidad de recuerdos, como si de una película se tratara. A su mente vinieron momentos con su padre, de su niñez y su adolescencia. Recordó, mientras caminaba hacia su casa, las veces que habían tocado juntos, conversaciones y también recordó los reproches que su madre le hacía cuando llegaba de madrugada bebido a casa y él la escuchaba desde su habitación discutir con su padre. En aquellas circunstancias, su padre no abría la boca y, cuando al día siguiente Dino le intentaba hacer ver que, de seguir bebiendo, acabaría cirrótico, su padre le prometía no volver a beber, para hacer lo mismo al cabo de tres o cuatro días. Al llegar al portal, limpió sus lágrimas. No quería entristecer a Fina. Tampoco quería que le viera llorar.

Al entrar a casa, abrazó a su mujer. Ella, mirándole a los ojos, preguntó:

—¿Pudiste hablar con tu mamá?

—Todo está bien. Hablé con mi hermana. Todo está bien. No te preocupes.

—¿Preparo un café?

—No, tranquila. Acabemos de preparar las valijas. En una hora quedé con los chicos para ensayar. La vida sigue, Finita —le dijo con una forzada sonrisa.

No mostró mucho duelo ni tristeza. «Es ley de vida», respondía a sus compañeros cuando le daban el pésame.

Dino demostraba su alegría, pero nunca su tristeza. Seguramente vivió momentos bajos de melancolía, añoranza y tal vez arrepentimiento por las discusiones que a veces tenía con su padre, siempre por esa adicción al alcohol, pero quedaron en lo más profundo de su ser. Él siempre sonreía. Parecía vivir siempre sobre un escenario, donde no había lugar para el drama ni la tristeza. Todo era positividad, aceptación, superación y su alma podría estar llorando, pero sus labios siempre sonreían.

CAPÍTULO 10

VAMOS A SER PAPÁS

La Espiga de Oro era una pensión situada en las Avenidas de Palma. Ubicada en un edificio modernista, proyecto del arquitecto Gaspar Bennazar en el año 1910. En aquella época era una pensión muy conocida, hoy ya desaparecida. El 2 de mayo de 1962, Quique Roca, su conjunto y Claudia, fijaron su residencia en esa céntrica y emblemática pensión mallorquina.

La sala Rosales contrató al conjunto. Cosas de la vida, el mismo nombre de la sala de fiestas donde Estela Raval descubrió a Claudia en su Cádiz natal. Esta mallorquina sala, fundada en el año 1946, abría cada noche, destacaba por contar en su programación con las mejores orquestas del momento, como Brasil, Ritmo y Melodía, Ángeles Negros. Ahora también contaría con Quique Roca, su conjunto y Claudia. Eran los años del *boom* turístico de la isla. Los ritmos del *twist*, *rock and roll*, la canción francoitaliana, el *beat*, cha-chachá… se escuchaban en todas las salas. Mallorca era la isla de las buenas salas de fiestas, como Titos, el Cortijo Vista Verde, Olimpia, Trébol, Villa Rosa, Calipso. El *boom* musical y turístico hizo que numerosos hoteles incorporasen una especie de salas de fiesta en las que se permitía el acceso a residentes de la isla, que podían ir a tomar una copa y bailar con los ritmos del momento, mezclados con los turistas de todas partes del mundo. Eran cadenas hoteleras como Meliá, Playa de Oro o San Francisco. Uno de los hoteles donde eran contratados con asiduidad era el Hotel Nixe Palace de Cala Millor. Era un hotel de lujo donde se podía ver a actrices como Conchita Velasco y Sara Montiel, y hasta a la mismísima Carmen Polo. También Rita Hayworth se alojó en el Nixe. En realidad, no era de extrañar. Mallorca contaba con artistas que veraneaban y se dejaban ver en la noche mallorquina como Lex Barker, Grace Kelly, Ava Gardner. Dino se sentía feliz. Veía cómo su vida artística era cada vez más exitosa. Llovían los contratos. Todo era glamur. Fina se adaptó perfectamente a ese tipo de vida que lleva la mujer de un músico. Se sentía querida, respetada, amada. Cada vez conocía más a los músicos e hizo una gran amistad con Claudia y su madre. Fueron días de amor, música, amistad, éxito… Fina iba cada día a la playa mientras él iba a los ensayos. Después quedaban para comer en el Peñón de Cala Gamba. Por las noches iba a verlo en el Rosales o en el Cortijo Vista Verde, donde también actuaban. Así iban transcurriendo esos bellos meses estivales en la isla.

Uno de esos calurosos días de finales del mes de julio, la orquesta comía en el ya desaparecido bar Triquet. Era el bar donde solían desayunar, reunirse, estaba en el mismo edificio de la pensión donde residían. Claudia y Fina charlaban tras la comida.

—Te veo desganada. Apenas comiste.

—Tengo el cuerpo cortado —le respondió Fina.

—Sí, te veo mala carita. Hace mucho calor —dijo

la cantante, intentando dar con el motivo del malestar de su amiga.

Fina, acercándose un poco más a Claudia y en voz baja, le dijo:

—Tengo un retraso en la menstruación… y yo soy muy puntual.

—¿Crees que puedes estar embarazada?

—Casi lo aseguraría, Claudia.

En ese momento fueron interrumpidas por Ramón, trompeta de la orquesta que andaba enamorado de Claudia y ya se rumoreaba que podrían estar manteniendo un romance. Tras la comida, todos se retiraron a descansar. Dino. que vivía pendiente de Fina, no se le pasó por alto el cuchicheo de las dos jóvenes.

—¿Qué andaban hablando bajito las dos? ¿Qué se traman?

—Pero… ¿tú estabas hablando con Pepe o estabas pendiente de mí?

—Yo estoy en todo, mi amor… ojo chiquito que todo lo ve.

—Creo que vamos a ser papás.

—¡¿Qué?! No me digas que viene la nena, ¡no te creo!!

Hacía apenas un par de meses que se plantearon tener una niña. No un bebé. Una niña, pero no podía creer que hubiera sido tan rápido. Su alegría era inmensa.

—Estoy segura de que sí. La nena está en camino.

Esa misma tarde, fueron a un centro médico muy cercano a la pensión, en la calle Velázquez, para hacerse la analítica del embarazo. A la mañana siguiente, cuando fueron a buscar los resultados, aún no habían abierto. Dino daba saltitos en una mezcla de entusiasmo e impaciencia.

—¿Quieres estarte quieto? —protestó ella.

Él abrazó a su mujer.

—Vamos a tener una Cristinita —le dijo.

No tenían ni la certeza del embarazo y ya tenían hasta el nombre. En una cafetería de Madrid, donde solían tomar un té a media tarde, los dueños tenían una niña preciosa. Se llamaba Cristina y esa criatura, que a Fina le tenía robado el corazón, fue la que provocó el deseo en la pareja de ser padres de una nena. Algo que jamás hubiera entrado en los planes de Dino, que todo lo que fuera una atadura le daba pavor.

Cuando se abrieron las puertas del centro de análisis, entraron cogidos de la mano. La enfermera les entregó el sobre. Delante de ella, Fina lo abrió. Él, posando su mano en el hombro de su mujer, no apartaba la mirada del sobre mientras lo abría. Positivo. Los dos se abrazaron riendo. Fue tal el entusiasmo, que contagiaron a la enfermera, que abrazó a la futura mamá. Salieron del centro agarrados de la mano. Corriendo y riendo entre la gente, llegaron al bar Triquet, donde ya se encontraba la orquesta desayunando. Todos se quedaron expectantes al ver entrar en el bar a la alborotada pareja. Era evidente que algo muy bueno les había sucedido.

—Vamos a ser papás —gritó el pianista.

La noticia fue dada con tal impetuosidad que no hubo ni un solo camarero ni cliente en ese establecimiento que no felicitara a la pareja.

Automáticamente Quique se autoadjudicó el apadrinamiento de la criatura.

—Champán para todos. Soy el padrino.

En la primera semana de octubre, y tras una exitosa temporada en Mallorca, la orquesta volvió a Madrid. En cinco meses serían tres. La llegada de un bebé hace que todo cobre mucha más importancia. Ya no vale cualquier piso viejo. Alquilaron un bonito piso en la calle Onésimo Redondo 34, en pleno centro de Madrid.

El conjunto seguía pegando fuerte. Actuaban en el Florida Park y en Micheleta. Grabaron más discos con Hispavox. Salían con frecuencia en TVE, sus canciones se escuchaban a diario en la radio, los periódicos hablaban de ellos. Fue la época dorada del conjunto. Dino se sentía feliz. Cada día, Fina iba caminando a la Basílica de Nuestra Señora de la Concepción. Se acercaba al Niño Jesús de Praga y le pedía que ese ser que llevaba en sus entrañas fuese una niña. «Dame esa niña que tanto deseo, por favor. Una niña rubia, con los ojos azules».

Así fueron pasando los meses. Alguna gira por España de pocos días, las actuaciones en Micheleta, los paseos agarrados de la mano, los antojos, los mimos, los masajes que él le hacía en las piernas doloridas por su avanzado estado de gestación... y a primeros de marzo ya apostaban entre ellos el día que podrían tener entre sus brazos a ese bebé.

—El doctor dijo que a partir del quince, en cualquier momento, viene nuestro bebé, ¿verdad?

—Sí —respondió Fina mientras tejía un pequeño jersey blanco para su bebé.

—Yo creo que viene antes del quince. La semana que viene está aquí. Será una nena y las mujeres siempre van por delante —dijo el futuro papá entusiasmado con la idea de ser padre de una niña.

—Pues si realmente es niña, vendrá a finales... las mujeres siempre nos hacemos esperar.

—Cristina no se hará esperar —respondió él—. Se mueve siempre, creo que tiene ganas de salir. Tu pancita le queda pequeña.

Ella le escuchaba sonriendo y pensando para sus adentros que realmente viniera una nena. Era la ilusión de los dos.

—¿Y si fuera un niño? —preguntó ella.

—Bienvenido... pero es una nena.

—Sí, yo también lo creo. Estará preciosa con este jersey blanquito. Le pondré lacitos rosas en los puños y en el cuello.

—Tengo que dejarte un ratito —le dijo dándole un beso en la frente—. Quique me dijo que pasara por su casa, tiene algo importante que decirme. A la vuelta pasaré por la casa de fotos y compraré carretes. Hay que tener preparado todo el material fotográfico para cuando venga la estrella.

Dino tenía ya preparada la cámara de fotos. Vivía pensando en el momento. Pero la vida de los artistas es imprevisible, y más aún cuando es un conjunto musical en pleno auge, conocido nacional e internacionalmente. Fina preparaba ya la mesa para ir a comer, cuando Dino regresó con el rostro desencajado. Serio y triste. Se acercó a ella. Ella le miró.

—¿Qué pasó mi amor? Parece que hayas visto al diablo... —preguntó preocupada.

—La semana que viene salimos de gira. No pude convencer a Quique para retrasarlo. Es una gira de tres meses a Finlandia. No puedo creer que vaya a estar tan lejos de vos en un momento así.

A Fina se le heló la sangre. Se abrazaron. El

momento fue triste, pero ninguno de los dos quería soltar la lágrima. Él, mirando a los ojos a su mujer, le dijo con la voz rota:

—Jamás hubiera querido darte un disgusto así, justo ahora que estás a punto de dar a luz. Solo faltaba que esto afecte a tu embarazo.

Enseguida ella reaccionó. No podía verlo así y no quería que nada ni nadie empañara tanta felicidad. No podía consentir que la ilusión de los días previos al parto se esfumara ahora.

—Vamos, Dino. Vamos, mi amor. No te pongas triste. Yo voy a estar bien. Mi madre va a venir a Madrid. Ella me cuidará. Tres meses pasan rápido. Esto es algo que podía pasar, eres músico. Venga ya, que los niños cuando nacen son muy feos y se ponen guapos con dos o tres mesecitos —dijo riendo—. Vamos, arriba el ánimo. Nada nos va a arruinar la alegría de nuestra primera hija. Nada ni nadie, amor. Que va a ser niña, verás.

Cuando Dino vio a su joven esposa sonriendo y animándole, se sintió realmente aliviado. Él, en realidad, estaba más preocupado por ella. Sintió una gran admiración por su fortaleza. No esperaba esta reacción cargada de madurez a sus 26 años. Abrazó a su esposa y ella, sin perder la sonrisa en ningún momento, le dijo:

—Hemos puesto nerviosa a Cristina. No para de darme patadas. Voy a ver cómo va ese pollo al horno y nos pondremos a comer, antes de que me dé por ir a buscar a Quique y matarlo —dijo riendo.

Al entrar en la cocina soltó la lágrima. Una lágrima que aflojó ese nudo en su garganta. Una lágrima que secó inmediatamente. No quería que él se marchara ni triste ni preocupado, pero, además, no quería estar mal. Tenía que ser fuerte por su bebé. Y a su bebé le habló:

—Papito no va a estar con nosotras, pero todo va a ir bien. ¡Aún no has nacido y la fuerza que me das! —murmuró en un intento de autoconsolarse.

Comían más callados de lo habitual, se miraban, se sonreían. Era evidente que estaban los dos fingiendo una tranquilidad que no existía. De vez en cuando, él acariciaba su mano y ella correspondía con su serena y bonita sonrisa. Aquel pollo al horno, aquel día sabía a hiel, lo comieron con un gran esfuerzo por aparentar naturalidad. Eran dos tremendos actores.

El 12 de marzo de ese año 1963, la orquesta tenía que viajar ya para Helsinki. La noche anterior, Fina no pudo conciliar el sueño viendo pasar las horas que quedaban para la partida. Él no paraba de dar vueltas. De vez en cuando, abría los ojos y la veía despierta y volvía a cerrarlos sin decirle nada, fingiendo dormir. A las siete de la mañana sonaba ese despertador. Tomaron un café. Se miraban, se sonreían. Finalmente se fundieron en un largo y silencioso abrazo. Un silencio roto por el sollozo de los dos. No podían fingir más.

—Te llamaré a diario —dijo él con lágrimas en los ojos.

Fina no podía responder.

—Estos meses pasarán rápido. —Intentaba consolarla, aún a sabiendas de que esos meses pasarían lentos, muy lentos.

—No te preocupes. Estoy bien. Son las hormonas. Estoy bien.

—Prométemelo. Di que vas a estar bien —le dijo

mirando sus ojos llenos de lágrimas.

—Prométeme tú lo mismo —respondió ella.

Un claxonazo anunció que era el momento. Sus compañeros esperaban ya. Un último abrazo, un beso amargo y un «te quiero».

Dino se fue con lágrimas en los ojos y ella lloró desconsoladamente como hacía años que no lo hacía.

Aquel doce de marzo, el estómago lo tenía cerrado. Era incapaz de probar un bocado. Estuvo haciendo limpieza en casa. Preparó la habitación donde se instalaría su madre, que al día siguiente llegaría a Madrid. Sin darse cuenta, ya era casi la una de la madrugada. Estaba muy cansada. Ese primer día sin él no paró ni un instante. No quería pensar, no quería llorar, necesitaba estar ocupada todo el tiempo para no sucumbir al llanto.

Se acababa de meter en la cama cuando sonó el timbre. Corrió hacia la puerta mientras se ponía una bata. Al abrir la puerta vio a su madre.

—¡Mamá! La esperaba mañana… ¡Qué sorpresa!

—Hija, ¡qué pálida estás! —le dijo su madre, dándole un abrazo—. Tu marido me llamó esta mañana. Estaba muy preocupado. Así que me fui al aeropuerto y me pudieron cambiar el vuelo para la tarde en vez de mañana.

—¿Ha cenado usted, mami?

—Un bocadillo en el aeropuerto, pero seguro que tú no has comido nada en todo el día. Así que ahora saco una caja de galletitas de la maleta y nos las vamos a tomar con un vasito de leche calentita —dijo mientras abría una maleta de piel marrón—. Estás delgadísima. Solo tienes barriga, hija.

Fina calentó leche.

—¿La quiere con Cola Cao, mami?

—Sí, hija. Buena idea —respondió.

—Yo también me pondré.

—Estás pálida y se te marcan las ojeras.

—Sí. Estoy pálida, ojerosa, flaca y barrigona. ¿Algo más, mami? —le preguntó sonriendo. Hubiera querido acercarse a ella y darle un beso y decirle «ahora con usted estaré mejor», como hacía con la *oma* Van den Bossche, pero la candidez y el cariño de *oma* nada tenía que ver con la frialdad de su madre. Sin embargo, el simple hecho de ver que estaba ahí con ella, incluso adelantando su vuelo, dejar el bar y correr a su lado, le hizo sentirse querida por una madre que jamás expresaba su cariño. Una muestra así de cariño por parte de su madre hizo que sintiera, por primera vez, que algo le importaba a la mujer que la trajo al mundo, justo en el momento que ella iba a ser madre también.

CAPÍTULO 11

NUESTRA HIJA VIENE AL MUNDO SIN TI

La noche del 16 de marzo fue gélida en Madrid. Apenas hacía un par de horas que Fina y su madre se habían acostado. Las contracciones la despertaron. Era evidente que había llegado la hora. Despertó a su madre y las dos mujeres salieron inmediatamente para la clínica.

—A ver si pasa un taxi y lo paramos.

—Vamos caminando, mamá. La clínica no está muy lejos. Quiero caminar.

—Hace mucho frío y es de noche. Paremos un taxi —insistió la madre.

—No, mamá. Quiero caminar —dijo con su voz rota, en un fallido intento de contener las lágrimas.

—¡Hija, estás llorando! ¿Qué te pasa?

—¡Qué me va a pasar, mamá! —respondió entre sollozos—. Que soñé mil veces con este momento al lado de Dino. Que no tengo su mano. Que viene nuestro bebé y él no está conmigo.

—Vamos. Deja de llorar. Ahora hay que estar entera, hija. Qué más da que no esté Dino. No estás sola.

Estoy yo.

—No es lo mismo, mamá. Lo necesito a él.

Su madre accedió a ir caminando. Las contracciones venían muy espaciadas, iban abrigadas y le iría bien caminar.

A las seis y media de la mañana nacía esa niña que tanto le pidió al Niño Jesús de Praga. Le pidió a su madre que saliera a poner un telegrama a Dino y ese telegrama llegó a Finlandia.

Todo el conjunto se encontraba reunido en aquel Hotel de Helsinki cuando llegó el portador de telegramas, estaban en recepción a punto de salir a actuar. El recepcionista llamó a Dino.

—*Telegram from spain, sir* —le dijo el recepcionista.

Dino abrió el telegrama. Eran tan solo cuatro palabras.

«MAMÁ Y CRISTINA BIEN».

Rompió a llorar.

—Ya soy papá. Es una nena —dijo sin poder parar de llorar como un niño. Un llanto contagioso, porque todos los músicos acabaron abrazando al pianista y llorando con él. A 4000 km, una entristecida mamá, también lloraba mientras amamantaba a su bebita. Nunca olvidó la mirada azul de aquella niña que la miraba fijamente mientras succionaba su pecho, pareciendo entender sus lágrimas.

Cada día, Fina fotografiaba a su hija a cada rato. Fotos y fotos que luego enviaba a Finlandia. Dino llamaba a diario por teléfono. Algunos días dos veces, y miraba y remiraba las fotos que recibía, mientras contaba los días que faltaban para poderla tener en sus brazos. En Finlandia hacía muchísimo frío. Cada día iba a Correos a buscar aquellas cartas acompañadas de varias fotografías de su hija. La impaciencia de ver esas fotos le impedía esperar a abrir el sobre en el hotel. Mientras caminaba iba mirando las fotos y leyendo la carta. Parte por su despiste, parte por la emoción, el frío, los guantes en sus manos, todo ello hizo que uno de esos días, por el camino se le fueran cayendo algunas fotografías según las miraba. Un chico de unos 13 años iba tras él recogiendo esas fotos. Al llegar casi al hotel, se le acercó y le entregó todas esas fotos que había perdido por el camino.

—Mi hija. Es mi hija, *my tytär, my daughter* —trataba de explicarle al chico.

El chico le miraba con cierta sorna. Dino sacó un billete de su cartera y, al querer entregárselo al chaval, este negó con la cabeza y se alejó sonriendo. Enseñó las fotografías al recepcionista, al camarero, a sus compañeros, a todos.

Vivía contando los días que quedaban para volver a Madrid. Hasta que ese día llegó. A principios de junio, volvían todos a Madrid. El vuelo se le hacía interminable.

Nunca pudo olvidar el momento en que tuvo en sus brazos a su hija, su olor y su mirada.

—¡Qué ojos azules! ¡Qué bonita es!

No se separaba de ella. Apenas oía su llanto, acudía a cogerla. Era auténtica la pasión por aquella bebé.

En su primer año de edad, viajaba con sus padres si la gira era por España. Con apenas dos añitos le encantaba ayudar a montar. Desenredaba los cables, probaba los micros, jugaba a ser cantante y le encantaba mirar en el mapa la próxima ciudad donde iban a actuar. Le encantaba acompañar a su papá a los ensayos. En aquellos viajes, tenía una amiga, Armandita, de su misma edad, hija de Armando, músico de color, también miembro de la orquesta, y su esposa también viajaba con él. Aquella pequeña familia de músicos se iba haciendo más grande y esas dos niñas, de corta edad, se acostaban en una cama y se despertaban en una furgoneta viajando a la siguiente ciudad donde actuarían al día siguiente.

En febrero de 1966, la mujer de Armando dio a luz a un niño. Dino y Fina fueron a visitar al recién nacido.

—Qué lindo varoncito —dijo Dino mirando al bebé—. Ya tienen la parejita.

Al salir de casa del matrimonio, Fina se agarró del brazo de su marido.

—¿Vamos a por el nene? —preguntó con su pícara sonrisa.

—¡Vamos a por el nene! —le respondió él.

Dicho y hecho. Nueve meses exactos después de nacer este bebé, llegó al mundo Roberto. En Madrid. Una noche de noviembre, la orquesta tocaba en la sala Micheleta. Un camarero se le acercó al piano.

—Dino, ha llamado su mujer. Dijo que cuando vaya a casa, no deje el taxi. Que irán a la clínica. Pero que tranquilo, que hay tiempo.

Ya no dio pie con bola el resto de la actuación. Esos últimos quince minutos se le hicieron interminables. Casi sin terminar las últimas notas del último tema, saltó del escenario y salió corriendo de la sala.

La noche que llegó la feliz mamá con Roberto en brazos, todas las vecinas y sus hijos rodearon a Fina para ver al bebé. A Cristina la dejaron al cuidado de unos vecinos muy amigos del matrimonio, Piedad y Luis. Apenas añoró a su mamá, se pasaba el día jugando con una de sus hijas, María Jesús, a la que ella llamaba Susina, su inseparable amiguita, de su misma edad. Las dos niñas, al oír el griterío en la escalera, corrieron a ver quién había llegado que causaba tanto alboroto.

—¡Qué bonito!

—¡Qué guapo!

—¡Qué cosita linda!

—¡Qué manitas!

Todas y cada una de ellas estaban embelesadas con el bebé en brazos de su madre, en el rellano de la escalera. La pequeña hermanita miraba la escena incómoda, viendo a su madre con un bebé en brazos y rodeada de todas aquellas mujeres. Se acercó a su mamá, tocándole la pierna, como diciendo «estoy aquí».

—¡Cristinita, mi amor! —dijo Fina al verla—. Mira tu hermanito —le dijo acercando el bebé a la niña.

—Es feo y no tiene pelo. —Tal vez, la niña fue la única sincera, pocos bebés son guapos al nacer, aunque todos digan lo contrario, incluso algunos, más osados, son capaces de sacarles parecido al papá, la mamá o el abuelo. Tal vez, a esa niña de tres años le invadieron los celos. Si fue esto último, duró poco, porque creció cuidando, mimando y protegiendo siempre a su hermanito, al que adoraba. Los señores Van den Bossche fueron los padrinos del niño, solían viajar a Madrid a visitarlos y ellos siempre iban a verlos cuando viajaban a Barcelona. Para Fina eran sus padres.

Con la llegada de Roberto, se acabó el viajar de un lado para otro. La orquesta en Madrid trabajaba en Micheleta y, cuando salían de gira, Fina y los niños se quedaban en casa. Solo la temporada de verano, que seguía siendo en Mallorca, se iban con él.

CAPÍTULO 12

UN HOMBRE Y UNA MUJER

El 9 de diciembre de 1966 se estrenó en España la película francesa *Un homme et une femme*, dirigida por Claude Lelouch. Una bella historia de amor en la que una joven viuda y un viudo coinciden en el internado de sus hijos y acaban enamorándose. La banda sonora de la película, con su tema principal *Un hombre y una mujer*, compuesta por Francis Lai, llegó al corazón de la pareja, que fue a ver la película. Al salir del cine, caminaban de la mano. Habían dejado a los pequeños con los abuelos maternos, que cada año venían a Madrid a pasar las Navidades con ellos. Paradojas de la vida, la señora Josefa nunca fue una madre amantísima, sin embargo, era una abuelita adorable y muy cariñosa con sus dos nietecitos, además, adoraba a Dino, incluso se mostraba más cercana a su yerno que a su hija.

—¡Qué bella historia de amor! —dijo ella.

—Sí. ¡Qué maravillosa banda sonora!

—Creo que te ha entusiasmado más la música que la peli.

—Me entusiasma la mujer con quien fui a verla —le respondió cogiéndola por la cintura.

—¿Si yo muriera, podrías volver a enamorarte? —preguntó ella. Él siguió tarareando.

—Ba, ba, ba, daba daba, da. Daba daba da, ba ba ba daba daba da... daba daba da...

—¿Quieres dejar de cantar y responderme? —le regañó sin perder la sonrisa.

—Nooo. No me daría tiempo. Moriría detrás de ti —respondió riendo.

—Yo no podría. Si me quedara viuda, nunca más me volvería a enamorar. Sería imposible enamorarme de alguien después de haberte conocido a ti. No hay nadie como tú en este mundo.

—Bien. Así ya me puedo morir tranquilo. —Y comenzó a cantar el *Bolero* de Javier Solís—. «Si Dios, me quita la vida antes que a tiiiiii., le voy a pedir que concentre mi alma en la tuyaaaa».

—¿Quieres dejar de cantar? ¡Qué payaso eres!

—Payaso músico.

—Dime que nos moriremos juntos.

—Dime que vamos a cenar un bocadillo de calamares en la Plaza Mayor.

—Vamos a por ese bocata —contestó riendo, mientras se cogía del brazo de su marido.

Al día siguiente, Dino ya había sacado el tema de la película en el órgano Farfisa que tenía en la habitación donde hacía arreglos y componía.

Ella se acercó y tarareó la canción acompañada por su marido. La pequeña Cristina se unió cantando también, ante las risas de los abuelos.

A Fina ese tema le encantaba. En el amor, la música siempre suele estar presente. De la misma forma que hay canciones que te evocan a una persona, a un antiguo amor, cada pareja tiene su canción. Esta se convirtió en la de ellos.

Con un nuevo amanecer, ya se marchaba de gira de nuevo. Esta vez a México. Cristinita, cuando veía a su padre hacer la maleta, le preguntaba:

—¿Otra vez te vas?

Y él siempre respondía:

—Sí, pero regreso pronto.

—Siempre me dices lo mismo y tardas muchos días —respondía siempre la nena.

Era en esos momentos cuando aparecía su mamá y la sacaba en brazos de la habitación, jugando y contándole cuentos para distraerla. Para ella tampoco era fácil verle haciendo maletas constantemente. Verlo partir gira tras gira y quedarse sola con los niños en Madrid.

Él, sin embargo, era feliz. Era artista. La música era su vida. Una parte de él sufría el adiós tanto o más que ella, pero la pasión por la música diluía la tristeza y añoranza de cada separación. Por la música dejó una vida entera en Argentina. Dejó a sus padres, a su hermana, un amor, sus amistades, los locales donde tocaba, sus costumbres. Lo dejó todo sin sentir añoranza. Dino era cariñoso, atento, dulce y tremendamente detallista con su mujer. El tiempo que estaba con ella vivía por y para ella y los niños. Fina se sentía la mujer más dichosa a su lado. Vivía en una nube recibiendo amor en cada gesto, en cada mirada. El tiempo no enfriaba aquel amor y se sentían cada vez más enamorados. Él le dibujaba corazones con sus barras de carmín en el espejo del baño, le dejaba notas de amor escritas en cualquier parte de la casa. Le traía una rosa, un clavel. Cada día había un detalle y mil muestras de amor. Sentirse tan feliz a su lado hacía que aún fuera más triste cada adiós. En cada despedida, le venía a su mente aquel primer adiós en el Puerto de Barcelona. Aquella mañana que la lluvia calaba su cuerpo mientras la tristeza invadía su alma. No se acababa de acostumbrar a sus ausencias con el paso de los años.

CAPÍTULO 13

DECISIONES FORZADAS

Aquel verano del 69, la orquesta, como siempre, volvía a Mallorca. La pareja ya había comprado un apartamento en el Coll dën Rabassa, en la calle Josep Malberti, muy cerca de la playa, y pasaban los veranos en la isla. Eran unos veranos inmensamente felices. Fina hizo mucha amistad con Catineta, su vecina. Eran inseparables. Tenía dos niños, Ángel, de la edad de Cristina, y Carmen, de la de Roberto. Las dos amigas solían ir cada día a la playa con las cuatro criaturas y pasaban muy buenos momentos juntas. Uno de esos días, las dos amigas charlaban, mientras Cristinita jugaba con Ángel muy cerca de ellas.

—Estoy tan harta de sus viajes. Siempre sola —se quejó ante su amiga.

—¡Y yo! —contestó Cristina, con tan solo seis años—. Por eso me gusta Mallorca, porque aquí no se va papito.

Las dos mujeres se miraron y se echaron a reír.

—Es una vieja —dijo Fina, mirando a la niña—, siempre está con las antenas puestas.

—¿No le has dicho nunca que te sientes sola? —preguntó Catineta.

—Claro que se lo he dicho alguna vez, y que deje la orquesta. Que puede trabajar en mil sitios. Es un gran pianista. Puede estar solo. Tocar solo en cualquier piano bar, cualquier hotel.

La pequeña no perdía palabra de lo que hablaba su madre, a pesar de estar afanada llenando el cubito de arena.

Algunos días después de esta conversación con Catineta, una mañana Dino jugaba con sus dos hijos en la orilla del mar, mientras Fina tomaba el sol.

Cristina, con un tono casi de enfado, le soltó de repente:

—Papá. ¿Cuándo dejarás de irte de viaje? Mamá está muy harta. Y yo también.

Miró los ojos de su hija, que le había clavado su mirada con su pequeño ceño fruncido. Miró a su hijo. El niño, con tan solo tres años, solía rechazar a su padre cuando regresaba de las giras. No le conocía o, tal vez, se acostumbraba a estar con su mamá y la presencia de su padre le estorbaba.

—¿No quieres que me marche más?

—No —respondió la niña mirando seria a su papá.

Dino se acercó a Fina, se sentó a su lado, permaneció largos minutos pensativo sin dejar de mirar a sus hijos jugando en la orilla del mar. Miró a su mujer. Ella, ajena a las palabras de la niña que no pudo oír, miró a Dino. En su mirada vio una seriedad inusual en él y le extrañó.

—¿Por qué me miras así? —le preguntó.

—Mañana mismo hablaré con Quique. Tenés razón. Voy a dejar la orquesta —le dijo con un semblante entristecido, ante la atónita mirada de su mujer.

—¿Estás seguro de lo que dices?

—Sí. A veces, en la vida, tienes que saber qué es tu prioridad. Tú pasas largas semanas sola, el nene, cuando regreso, ni me conoce… y Cristinita también lo pasa mal… y yo… me pierdo muchas cosas. Muchos momentos…

Fina miraba atónita a su marido. Él no apartaba la mirada de sus hijos, que permanecían ajenos, jugando a hacer castillos en la orilla. No debió ser una decisión fácil, o tal vez no fue tan difícil. Él era así. Se movía por impulsos. Lo que sentía su corazón, lo hacía sin permiso de su mente. Las decisiones más importantes en su vida fueron tomadas por impulsos. En su vida no había lugar a la duda; ni siquiera a la reflexión. Hacía lo que sentía y sentía lo que hacía.

Ese mismo año 1969, Dino dejó la orquesta y empezó a tocar en el emblemático Mayte Commodore de Madrid. Un lugar de luces tenues, indirectas. Enmoquetado, con un gran piano de cola. Enormemente grande. Era un restaurante de cinco tenedores con piano bar. Con enormes salones para eventos, bodas… Y con una terraza donde había actuaciones musicales con grandes y conocidos artistas. En ese momento buscaban un pianista. Mayte era lugar de reunión de artistas, políticos, actores y periodistas, y Dino les deleitaba con su música cada noche. Algunas veces, Fina iba a escucharle y tan solo verla entrar ya le tocaba su canción: *Un hombre y una mujer*. Los sábados tenían actuaciones en La Terraza Cubierta, con reconocidos cantantes que siempre eran acompañados por Dino. Lilian de Celis, Robert Chantal, Rolando Ojeda, Betty Misiego, etc.

Artistas como Raphael, Lina Morgan o Paloma San Basilio eran asiduos clientes. Mayte era el lugar donde ir a cenar o tomarse una copa tras sus actuaciones en teatros o salas de fiesta, y siempre estaba frecuentado por famosos.

Durante el día grababa para algún programa de TV, donde acompañó a algún cantante, como a Lorenzo González, en el programa *La tarde*, de Pepe Navarro, Mari Sampere... Grabó algún programa del *Un, dos, tres* con Chicho Ibáñez Serrador. Hizo algún pequeño papel en la serie *Juncal* con Paco Raval, y aún sacaba tiempo para dar clases de piano o hacerle algún arreglo musical a algún cantante.

En aquella década de los 70, se fundaron los famosos Premios Mayte, eran unos galardones que se concedían a las artes escénicas y a la tauromaquia y Dino se ocupaba del sonido, megafonía... etc.

Políticos de la época y miembros del Gobierno solían cenar en Mayte y, tras la cena, Dino les deleitaba con sus temas, que conocedor de la canción preferida de cada uno de ellos, solía interpretarla en cuanto les iba viendo aparecer en la sala. Dino era muy querido por todos, políticos, toreros, artistas de teatro, cantantes. Y así, iban pasando las noches, los meses, los años. La vida va pasando. Los hijos van creciendo. Y llegó ese día en el cual, su hija adorada, se casaba.

CAPÍTULO 14

LA MÁS TRISTE
MARCHA NUPCIAL

Eran las 18:45 de la tarde de aquel sábado cuatro de septiembre de 1982, que quedó por siempre grabado en la memoria de Dino. A la izquierda de ese altar lleno de rosas blancas estaba esperando verla entrar, ante el órgano con el que tocaría la marcha nupcial más triste de su vida. Se casaba su hija. Cristinita ya no era aquella niña que siempre caminaba de su mano. Aquella nena que jugaba a ser cantante y él la acompañaba al piano. Aquella niña con la que jugaba al escondite, a las damas… no, su nena se había convertido en una mujer y ese día se casaba. Agradeció no tener que llevarla del brazo hasta el altar y «entregarla» al que le había arrebatado a la niña de su alma. Su hija le pidió que fuera él quien tocara la marcha nupcial al entrar a la iglesia, y así lo hizo, aunque inmediatamente después se pusiera al lado de su hija.

A las siete en punto de la tarde, entraba su hija a la iglesia del brazo de su futuro cuñado. No pudo contener la emoción al verla entrar por aquella puerta vestida de blanco, bronceada y bellísima. Sus manos interpretaron aquella marcha, mientras sus ojos se inundaban de lágrimas. Apenas tenía diecinueve años. Se casaba con un hombre dieciocho años mayor que ella. Todos habían intentado convencerla de que era demasiado joven para casarse, que aún estaba estudiando, que él era demasiado mayor para ella, todos. Todos menos él. Dino era de ese tipo de hombre incapaz de imponer nada a nadie. Ni siquiera aconsejar. Su lema era: «vive y deja vivir». Tampoco era amigo de dar consejos. Solía decir a menudo que los consejos eran como el dinero, hay que darlo cuando te los pidan. Y además, para qué iba a entrar en guerra con «su niña». Él era quien defendía su rebeldía, quien le apoyaba en todo, aunque no estuviera de acuerdo, y quien le demostraba más amor cuando menos se lo merecía. Ejercía más de amigo que de padre. No supo qué era el sentimiento de posesión hasta ese mismo momento en que la vio entrar vestida de novia. Sintió que le arrebataban a su hija. Dino era un buen actor y no quiso enturbiar la felicidad de Cristina en ese día, por eso no perdió la sonrisa durante el posterior *cocktail* que se celebró en el Hotel Eurobuilding. A las 23:30 se acercó a su hija, no podía permanecer más tiempo en el hotel. A las doce tenía que entrar a trabajar. Tres horas más tarde de lo habitual.

—Me voy a Mayte, tesoro. La obligación me llama.

—Un abrazo, papi. Te quiero más que a nada en este mundo.

—¿Seguro?

—Seguro.

«Si me quisieras más que a nadie en este mundo, no te habrías casado con este tipo»… pensó mientras abrazaba a su hija.

Aquella noche le costaba tocar el piano, estaba ausente, desmotivado. No era el pianista de cada noche. Gaspar, aquel *maître* que conocía a Dino desde que llegó a esa casa hacía ya 13 años, lo notó. En la pausa que hizo, al servirle el café, le entró directo:

—Es duro casar a la hija, ¿eh?

—Es muy joven. Demasiado joven. Para mí es una niña —respondió mientras endulzaba su café—. Tiene diecinueve años y se casa con un tipo que le dobla la edad.

—¿Es Policía Nacional, verdad?

—Sí. Pero qué importa lo que sea. Aunque fuese el mismísimo Ministro del Interior, para mí sería el tipo que se llevó a nuestra hija de casa. Es una niña.

—Aunque tenga cuarenta, seguirás viéndola una niña.

—Es la primera vez que las manos me temblaban al tocar. Era la marcha nupcial, pero la sentí como la fúnebre.

—¡Dino! Tiene una llamada —le avisó la señora del guardarropa.

Dino corrió al teléfono, jamás le llamó nadie a Mayte. Algo había sucedido.

—Es su hija —le dijo la mujer mientras le daba el auricular

—Cristina, ¿qué pasó?

—Papá… te observé cuando te marchabas. Te seguí sin que me vieras hasta el ascensor. ¿Estás triste?

—¡Nooo!, para nada. ¿Por qué me preguntás?

—Nunca caminas mirando el suelo… y no levantaste la cabeza ni para llamar el ascensor.

—Me gustaba la moqueta, mi amor. No tenía ni una mancha. ¿Cómo la deben limpiar?

—Bueno… tu sentido del humor sigue ahí.

—Andá. Seguí pasándola bien. Uno no se casa todos los días. Si vos estás bien, yo también.

—Te quiero, papi.

La voz se le quebró a Dino.

—Y yo a vos, tesoro mío.

—Te veo mañana, papi.

—Chao, mi amor.

Como cada madrugada, al regresar a su casa, comprobaba si sus hijos estaban destapados. Entró a la habitación de su hijo. Lo tapó con cuidado. Después entró a la habitación de su hija, aún a sabiendas de que no estaba ya ahí. Su cama perfectamente hecha, sus libros, su armario casi vacío y sus fotos decorando la habitación. Se quedó mirando una de ellas. Una foto de primer plano de su hija en la que sonreía feliz. Una foto que él mismo le sacó en unas vacaciones.

—Que este tipo nunca te borre esa linda sonrisa —murmuró.

CAPÍTULO 15

NUEVOS HORIZONTES, NUEVAS ILUSIONES

Blanes, agosto de 1984

Cada año, en el mes de agosto, Dino tenía sus vacaciones de verano. Aunque ya desde que salió de la orquesta no volvió a trabajar en Mallorca, la isla se convirtió en el lugar de veraneo año tras año. Ese mes de agosto reemplazaron Mallorca por Blanes para su lugar de vacaciones. Blanes, ese bello pueblo de la Costa Brava que vio crecer a Fina. Dino adoraba el mar. Desde su más tierna infancia vivió en Mar del Plata y siempre añoró vivir cerca del mar. Madrid, la ciudad que vio crecer a sus dos hijos, la que le brindó muchos éxitos en su vida profesional, tenía de todo, menos ese mar que tanto añoraba. Su sueño era acabar sus días cerca del océano y tener un piano bar, tal vez la ilusión de cualquier pianista y, muy a menudo, le venían recuerdos de aquel piano bar de Buenos Aires, donde fue descubierto por Los Tico Tico.

En aquellas vacaciones en Blanes, con su mujer y su hijo, se empezó a fraguar aquel proyecto. El matrimonio, en varias ocasiones, comentaba dejar Madrid y vivir en la Costa Brava. Fina había nacido allí, tenía a su familia materna ahí. Tenían casa y muchas ganas de dejar aquella vida tan ajetreada que llevaba Dino en Madrid, por otro lado, su hija, que hubiera sido lo único que les hubiera retenido en esa ciudad, ya no estaba ahí. Su yerno había sido destinado a la comisaría de Palma de Mallorca. A Cristina, que viajó desde Palma para pasar una semanita al lado de sus padres y hermano, le pareció perfecta la idea.

Fue un dicho y hecho. Al año siguiente ya estaban en esa bella Costa Brava viviendo.

También se vio cumplido otro sueño. Tener cerca a su hija. Su yerno pidió el traslado a la comisaría de Lloret de Mar y de nuevo tuvo viviendo cerca a su hija. Y otro sueño, el de toda su vida: el piano bar. Tener su piano bar. Y se cumplió. Acabó teniendo su sueño cumplido. Piano Bar Athene, en Lloret de Mar. En la calle Joan Llaverias.

Cristina siempre había apoyado a su padre y, en un proyecto tan importante, no podía dejarlo solo, compaginó su trabajo en el Institut Médic Gem de Lloret de Mar con el piano bar. Su mujer también lo hizo, se implicaron los tres al cien por cien en ese proyecto. Su hija se convirtió en su compañera de trabajo. Fina era la jefa, el cerebro de la empresa. Los tres formaron un gran equipo.

En los 90, Cristina enviudó y volvió a vivir con ellos de nuevo. Fue una triste circunstancia, pero para Dino era volver a tener en su casa a su hija... A fin de cuentas, ese tipo, como él le llamaba, nunca fue de su agrado. No vio en los ojos de su hija ni una lágrima.

Una tarde, mientras tomaban café en el jardín de casa los dos solos, le preguntó.

—¿Cómo estás, hija?

—Bien, papá. No te preocupes. Todo está bien.

—¿No estás triste?

—No. He recuperado mi vida. Mis estudios, mis amigos.

—Y nosotros hemos recuperado a la nena.

—Me casé demasiado joven, papá. Perdí muchas cosas que intento recuperar. Me faltaba el aire.

—Nunca nos lo dijiste.

—Era mi problema. No tenía por qué preocuparos.

—Ya te lo decía mamá.

—Claro. Si me hubiera dicho «cásate. Me encanta este señor. Es ideal para ti», no me hubiese casado. Yo siempre hacía lo contrario a lo que ella me decía.

—Suele pasar. Con los años la rebeldía se cura y hacés caso a lo que se te aconseja.

—¿Tú crees?

—O dices a todo que sí… y luego haces lo que te da la gana. Inteligencia emocional. Fuera problemas.

Los dos rieron a carcajadas.

—Sí, creo que soy así. Suelo hacerlo.

—Por eso te lo digo. Porque me doy cuenta. Yo soy como vos. Por eso no me podés engañar. Cuando sos joven podés errar y rectificar, tenés toda la vida por delante y de todo se aprende. Ahora estás bien. Trabajás en el Medic Gem con tus quiromasajes, tus hidroterapias, estudiás, estás cada noche en el piano bar y aún tenés tiempo para salir y divertirte.

Cristina escuchaba atenta a su padre sin apartar su mirada de él.

—Tenés salud, un trabajo que te gusta y una familia

Solo con eso basta para ser feliz.

—Tienes razón.

—En Alemania me enfermé del hígado. Acabé ingresado en Berlín con una hepatitis B. Recuerdo que solo le pedía a Dios dos cosas. Salir del hospital para volver a tocar el piano. Con solo eso, ya era feliz. Aún no conocía a mamá. ¿Conocés a alguien que solo necesite tocar el piano para ser feliz?

Su hija negó con la cabeza.

—Pues si aparte tenés una familia y salud, sos un privilegiado. No podés pedirle nada más a la vida. No se necesita.

Su hija le miraba con una gran admiración y asintió embelesada.

—Una gran casa, un gran auto, joyas, dinero... todo eso ni hace falta ni da la felicidad.

—Es verdad, papá.

—La felicidad la llevás dentro, no la busques en nada ni en nadie. Una persona feliz se ilusiona con todo y le pone ganas a la vida movida por la ilusión. Yo, tocando el piano y viajando, ya era feliz. Si mi meta en la vida para serlo hubiera sido un gran auto, una gran casa, mucho dinero... hubiera caído en la peor de las enfermedades: la ambición. Si te invade la ambición, puede que llegues a rico, pero nunca serás feliz, porque nunca tendrás bastante para sentirte bien. Si tenés dos, querrás cuatro. Si tenés cuatro, querrás seis. Y si para colmo enfermás de envidia, querrás que esos seis sean mejores que los del vecino. Un desastre. Un morir en vida.

—¡Qué verdad, papá!

—Y vos... ¿Qué necesitás, para ser feliz?

—A ti y a mamá.

—¿Solo eso? No podés. Entonces, el día que faltemos, serás una infeliz… ¡No! Eso no podés ni pensarlo. Es una barbaridad. Nadie puede ser la base de tu felicidad, porque las personas desaparecemos, morimos, nos alejamos. Nadie puede ser el centro de tu vida, porque si falta, te jodés. Se pudre todo.

—Ser libre, papito. Ser libre es lo único que necesito para vivir bien. Para vivir en paz.

—¡Chee…! Así la pensaba yo a tu edad. Sí. La libertad es vida. Hasta que conocí a mamá… y cuando el corazón manda…

Los dos volvieron a reír a carcajadas.

—Lo cierto es que lo mejor que me pasó en la vida fue conocerla a ella. Cuando te enamorás de verdad, la libertad ya no la querés, porque tu libertad es estar junto a la persona que amas.

—Me encanta oírte. Te quiero, papi.

—Y yo a vos, tesoro.

—El deber me llama. Me voy a currar.

—Chao, no corras, Fitipaldi.

—No, papi —respondió riendo ella.

Aquel piano bar era fiel reflejo de la personalidad del pianista. Era un local elegante, distinguido, con clase, acogedor y discreto. Todas y cada una de las cualidades de Dino. Su clientela era selecta. Padre e hija pasaron a ser compañeros de trabajo. Se entendían con una simple mirada. A Dino le encantaba acompañar a su hija al piano. Ella, con poquita voz, pero con la picaresca y el descaro a flor de piel, cantaba temas como *Usted es el culpable*, *Voy a apagar la luz*, *Algo contigo*… temas que, a veces, se acercaba cantándoles a clientes asiduos y se creaba un ambiente distendido y divertido. Clientes que venían a diario, músicos, directores de los hoteles de Lloret y alrededores, matrimonios que salían a cenar y luego la visita al piano era casi obligada. Los lunes solían reunirse tras la cena miembros del Rotary Club, directivos y personal del Gran Palace de Lloret, como bailarinas, que espontáneamente solían salir a bailar y animaban el local, camareros del Casino de Lloret, que venían al terminar su trabajo. En fin, un ambiente muy agradable y acogedor.

Padre e hija tuvieron muchos momentos de conversaciones. Existía una enorme complicidad entre ellos. Trabajar tantos años juntos y no tener ni el más mínimo roce parece imposible, y así era... Eran iguales, pensaban igual, se entendían perfectamente. Se reían de todo. Los dos tenían un gran sentido del humor y esa forma de ser les unía. Creaban un ambiente de buen rollo que transmitían a la clientela.

Pero la vida está dividida en épocas y todo pasa... y los años también. Y llega una edad en que llegan las ganas de estar en casa tranquilo y cambiar el traje por el pijama y las pantuflas, sobre todo cuando Cristina estaba ya esperando a su hija. La ilusión que toda la familia tenía con la llegada de un bebé fue la causante de tomar la decisión de cerrar el piano bar. Un local en el que fueron inmensamente felices. Un local en el que pasaron momentos maravillosos, en el que conocieron a grandes amigos. En la última hora, se concentraban allí los músicos. Era el lugar donde tomar una copa al terminar de trabajar y seguir tocando, pero ya por placer. Allí se juntaban cantantes, saxofonistas, pianistas y se creaba un ambiente donde la buena onda y el *jazz* eran los protagonistas. Aun así, aquella nieta eclipsó todo incluso antes de venir al mundo. Seis meses antes de nacer, en diciembre de 1997, ya cerraron sus puertas definitivamente. Le pusieron de nombre Laura, en honor al tema preferido de Cristina. *Laura*. Canción que compuso David Raksin y fue banda sonora de la película estadounidense de su mismo nombre, estrenada en 1944.

Un 23 de junio, a las 17:30 en la Clínica Girona, llegó al mundo el bebé más esperado y deseado de este planeta. Su hija Cristina le convirtió en el abuelo más feliz del mundo.

CAPÍTULO 16

UNA VIDA TRANQUILA

Los años iban pasando como pasa la vida. Laura crecía con los mimos y dedicación absoluta de todos. Pasaba largas horas con ellos. Cristina, en el año 2000, abrió una inmobiliaria y prácticamente fue criada por sus abuelos, y Dino se convirtió en el compañero inseparable de su nieta, al igual que hizo con su hija, pero con más tiempo. Aquella vida de músico le robó muchas horas de juegos, muchos momentos mágicos con su pequeña. Dino adoraba a esa niña, era como la prolongación de su hija, como si hubiera hecho un regreso al pasado y le pudiera cobrar a la vida momentos perdidos con ella. Pasaban horas jugando a las cartas, las damas, el parchís. La llevaba al parque, le contaba cuentos, veían películas juntos, incluso le enseñaba a tocar el piano.

Las mismas cosas, los mismos juegos que tenía con Cristina cuando era pequeña entre viaje y viaje. Entre gala y gala.

A pesar de dejar la música en el plano laboral, no perdía ocasión para sentarse al piano. El matrimonio era amante de celebrar comidas en casa, donde siempre acababa ante su instrumento.

Siempre elegían para sus vacaciones un hotel que tuviera piano. Y que le dejaran tocar. Así, el Grupotel Playa de Palma Suites de Mallorca se convirtió en el hotel de sus vacaciones. Allí no solo había piano, sino muy buenos músicos. Su preferido era un trío de *jazz*, ya que con Toni, el pianista, tenía una conexión especial. Si iban de vacaciones a Argentina, también buscaban un lugar donde tocar unos temas y siempre quedaba con amigos músicos de su juventud, Carletto, Blumetti… que hacían posibles esas veladas de música y tangos. Había dedicado toda su vida a la música y en sus años de senectud seguía pegado a su piano.

Siempre que había una boda de un familiar, una celebración, una cena, él siempre amenizaba. En las comuniones de sus nietas. En los bautizos…

Fueron unos años de vida tranquila. De tocar por *hobby*, viajar, de bonitos momentos con su familia y amigos, de conversaciones llenas de recuerdos y de poder dedicarle todo el tiempo del mundo a Fina. El amor de su vida. Desayunar cada mañana juntos en el jardín de su casa y recordar, conversar…

—Daría lo que fuera por saber qué piensas —preguntó Fina al verlo tan ausente.

Dejó su taza de café y mirándola le dijo:

—¿Qué hubiera sido de mi vida si no te hubiera conocido? Cuanto más lo pienso más claramente veo que vos fuiste mi destino.

—Pensar que a mí todos me decían que era una locura casarme contigo.

—Normal. Si a Cristina se le hubiera acercado un pianista recién llegado de Argentina, doce años mayor que ella y le hubiera dicho de casarse con ella, en menos de tres meses y habiendo estado juntos menos de una semana. ¿Creés que lo hubiéramos visto bien?

—De locos —respondió ella riendo.

Dino se quedó unos instantes pensativo. De repente, mientras giraba y giraba la cuchara del café, expresó todo lo que sentía.

—He sido afortunado en la vida. Trabajé en lo que realmente me gustaba y amaba, la música. Cumplí todos mis sueños. Tengo la mujer más maravillosa del mundo, que me dio la familia perfecta. Tengo salud. Tengo todo lo que un hombre necesita para ser feliz y el día que ya no pueda tocar el piano… chao, ese día le pido a Dios que me lleve.

—¿Cómo que chao? ¿Y yo qué pinto? —preguntó ella molesta.

El silencio respondía por él. No había respuesta a esta pregunta. Ni él lo sabía.

—La música… tu eterno amor —le dijo riendo ella

—Gracias a la música te encontré a vos y pude conocer el amor. De no haberte encontrado, creo que hubiera seguido viajando y no me hubiera casado nunca —le dijo mientras le cogió la mano. Permanecieron unos segundos mirándose. Desde que se conocieron, siempre tuvieron ese lenguaje no verbal entre ellos, con esos cruces de miradas eran capaces de decirse cosas que no se pueden decir con palabras.

Dicen que la sensación de estar enamorado dura poco. Unos años. Tal vez menos de tres. Esa tormenta interior, esas mariposas en el estómago, se van y dan paso a un sentimiento más tranquilo y equilibrado, el amor. Luego, según van pasando los años, hasta el amor se va difuminando, dejando paso a un cariño. Es como si fuera así la ley de la vida o la ley del amor. Ellos eran de esos pocos afortunados a quienes no se les evaporó el amor ni el enamoramiento. Se cuidaban, se complementaban, se respetaban, se admiraban y vivían el uno para el otro sin que el paso de los años enfriara su relación. Ella con un fuerte carácter, y él con una inteligencia emocional que lo dotaba de empatía, diplomacia y grandes dosis de paciencia dignas de admirar, hizo que su unión perdurara en el tiempo. Y que perdurara por amor, no por rutina ni por conformismo, o simplemente por cuidar su zona de confort. No. Ellos seguían entendiéndose con la mirada como el primer día y esa manera de mirarse no cambió con los años.

La eterna juventud no existe y el tiempo no solo envejece nuestra piel, también nuestro cerebro. Las habilidades se van perdiendo. Según iban pasando los años, iba notando que sus manos perdían técnica y su mente iba teniendo lapsus. Eso le inquietaba. Su hija era para él su confidente. La amiga a quien le expresaba sus inquietudes, quien escuchaba sus preocupaciones.

—Cristina. Tengo lapsus. Empiezo un tema y me voy a otro. Temas que estoy harto de tocar…

—No te preocupes, papi. Los años no pasan en balde. Tienes 90 años. Si te das cuenta que te vas de un tema a otro, es una buena señal. Tu cabeza se da cuenta. Son los típicos despistes de la edad. No te obsesiones.

—Tendría que tocar a diario. Una semana sin tocar y me olvido.

—Bien, estupendo. Pon tú el horario.

—¿A ti qué horario te va bien?

—El que te vaya bien a ti —respondió su hija.

—¿De 10 a 12? —preguntó.

—Perfecto, papito. De 10 a 12.

—Si toco cada día un par de horas, volveré a «estar en dedos».

—Genial —dijo su hija riendo—. Así lo haremos.

Así comenzaron unas mañanas que pasaban a diario los dos juntos. Más de un año de mañanas de piano, maravillosas mañanas que disfrutaban gracias a esta necesidad del pianista. Ella le escuchaba y le acompañaba cantando en algunos temas. Cuando veía que empezaban los lapsus, hábilmente le decía.

—Hacemos una pausa y escuchamos música.

—Perfecto. Me quiero escuchar. Pon el CD que grabé para mamá. Sentimientos.

Y su hija ponía CD que él se había grabado y le encantaba escucharse a sí mismo.

Era su repertorio. Los temas que durante toda su vida tocaba sin partitura. Todo de memoria. Llevaba las partituras en su mente, por esta razón a su hija le inquietaba mucho ver cómo iba olvidando los títulos de esos temas tan repetidamente interpretados, según iban pasando los meses.

Y, de repente, un día empezó a sonar *Un hombre y una mujer*. Miró a su hija y preguntó:

—¿Y este? ¿Este qué tema es?

A su hija en ese momento se le hizo un nudo en su garganta.

—¿Qué tema es, papito?

—Y... no sé... es... es... No recuerdo el nombre.

—Esta es la canción de mamá. Siempre la tocaste para ella.

—Síí... no sé cómo se llama... No, no es la de mamá. Esta no sé cuál es...

Ella se levantó del sillón y se sentó a su lado en el sofá, pasando su brazo por encima de su padre y estrechándole con todo el amor del mundo, en un momento en el que fue consciente de que su padre poco a poco iría dejando de ser lo que hasta entonces fue, una mente prodigiosa, y, en el peor de los casos, se iría apagando… hasta marcharse de su lado, tal vez sin conocerla. Le miró conteniendo las lágrimas y le dijo:

—No. No es el tema de mamá. Lo confundí. Yo tampoco sé qué tema es. ¿Qué te parece si dejamos de oír música hoy?

Las lágrimas de Cristina no se podían retener más. Si ya no pudo recordar su canción, ¿cuánto tiempo tardaría en olvidarse de ella? ¿Cuánto tiempo quedaba para olvidar a la mujer a quien pasó años dedicando este tema?

Lo besó en la frente y le pidió a Dios que jamás la mirase como si fuese una extraña.

—¿Te parece, papá, que nos vayamos ya para tu casa? Mamá debe tener la comida ya casi hecha.

—Sí, hija. Vamos. ¿Qué tema es? Seguro… lo recordaré por el camino… Es… es…

Le puso cariñosamente el abrigo y agarrando su mano le dijo:

—Vamos, maestro. Nuestra chef nos espera.

Su mente pasó a ser un continuo *flash* de luces y sombras. Gracias a Dios, olvidaba casi todo menos a las personas. Sabía en todo momento su nombre, sabía que Fina era el amor de su vida, conocía a sus hijos y a sus nietas y siempre hablaba de Laura, recordando las cosas que hacía de pequeña. Seguía pasando bonitos momentos con ella y ella le mimaba más que a nadie. Su nono, como ella le llamaba, era su prioridad.

Le adoraba y él a ella. Era sorprendente ver cómo había cosas que no solo no olvidaba, sino que recordaba con todo detalle. Mantenía coherentes conversaciones con su mujer y su hija y, de repente, el ocaso nublaba su mente. La lucidez de las mañanas desaparecía por las tardes. Empezaban las sombras. Comenzaba a ver personas que no estaban. Veía un perro inexistente en el salón. Dino se estaba apagando poco a poco, a pesar de los esfuerzos de evitar lo inevitable. Cristina conversaba horas con él haciéndole recordar tiempos pasados, como su época en Mayte, personas conocidas, o la orquesta. Conversaciones para hacer trabajar su mente, ella le leía el periódico, la sección de deportes, las noticias de su Real Madrid de toda la vida, pero día tras día, se iba. Cada vez eran más largos los silencios. La somnolencia. La apatía.

Fina lo trataba como a un bebé. Le arreglaba las manos, los pies, le afeitaba, le perfumaba. Pero día tras día se iba apagando.

CAPÍTULO 17

HASTA QUE LA MUERTE ME SEPARE DE VOS

Aquel domingo 21 de enero, sus dos hijos se marcharon ya tarde dejándolo acostado. Les miró y les hizo una sonrisa. Una tierna sonrisa. Después cerró los ojos. Fina regresó a la habitación. Él ya dormía plácidamente. Ella se sentó a su lado en la cama. Se rompía en pedazos al verle así. Le tomó la mano y comenzó a hablarle.

—Dino, mi amor, mi gran amor, el amor de mi vida, sé que vas a dejarme. Presiento que te marchas. No concibo esta vida sin ti. Hemos hecho tantas cosas juntos, toda una vida juntos, que no sé qué voy a hacer con esta vida sin ti. No podré vivir sin ti. Si vas a dejarme, si te vas a ir, llévame contigo. No quiero seguir aquí sin ti. No podré seguir viviendo. Me va a faltar el aire sin ti. ¿Recuerdas la primera película que vimos juntos? *Un hombre y una mujer*. Al salir del cine quería que me prometieras que moriríamos juntos. Ahora te lo vuelvo a pedir. No te vayas sin mí. Vayámonos juntos. Sé que te vas a ir. Llámame desde el más allá. Llámame, Dino. No permitas que nos separe ni la muerte. Mi vida comenzó contigo y contigo ha de terminar.

Cristina había regresado a casa porque había olvidado su teléfono móvil. Su madre no la escuchó entrar. En el pasillo permaneció inmóvil, conteniendo el llanto al oír las palabras de su madre. No quiso romper ese momento de intimidad. Vio que su padre tenía los ojos cerrados, pero no podía estar segura si podía escuchar lo que su mujer le expresaba con lágrimas en los ojos. De puntillas salió de casa y cerró con cuidado la puerta para no hacer ruido. Recorrió los 200 metros que separan la casa de sus padres de la suya llorando desconsoladamente.

—Sí, papá se va a marchar.

Al día siguiente despertó muy temprano y con un muy mal presentimiento.

«Si vas a marcharte, llévame contigo», aquella frase que la noche anterior salió de la boca de su madre le vino a la mente.

«Pobre mamá», pensó, «desayunaré con ella».

Apagó la máquina de café, se puso un chándal y salió a paso rápido a casa de sus padres.

Al abrir la puerta, encontró a su madre sentada al lado del teléfono.

—Cristina, iba a llamarte ahora. Deberíamos llamar al doctor Fernández. Papá no se ha movido en toda la noche, ahora no puedo despertarlo y ese ronquido... papá se va.

Efectivamente, al entrar en la habitación pudo comprobar que su padre estaba muy mal, hasta el color de la piel había cambiado y ese ronquido no era el habitual. Recordó la somnolencia del día anterior y su leve sonrisa al acostarlo.

—No te preocupes, mamá. Ahora llamo al doctor.

La ambulancia no tardó en llegar y lo llevó al Hospital Comarcal de Blanes, apenas a tres kilómetros de casa. Detrás de la ambulancia, Cristina les seguía con el coche sin poder contener el llanto. Era evidente que el final estaba ya muy cerca.

La noche fue larga. Muy larga. A las 13:30 del día 23 de enero, Dino pegaba el último suspiro al lado de su mujer, su hija y su nieta Laura. Las tres mujeres de su vida, marchándose discreta y silenciosamente. Como era él. Sin sufrimiento, como siempre vivió él, lleno de amor y de la mano de Fina, tal y como siempre decía él: «hasta que la muerte me separe de vos».

Cristina, con el alma, el corazón y todo su ser hecho pedazos, besó la frente de su padre, ya sin vida, y le susurró:

—Marcha en paz, papito. Voy a cuidar a tu gran amor hasta que vuelva de nuevo a tu lado… algún día.

EPÍLOGO

Esta es la más bella historia de amor que he tenido la suerte de contemplar en primera fila, porque esta es una historia real de amor entre un hombre y una mujer, la historia de mis padres.

El destino quiso que dos personas que vivían a 10.469 km se encontraran. Y si no hubiera sido así, si el destino hubiera fallado, él no hubiera parado hasta encontrarla.

MENCIONES Y AGRADECIMIENTOS

Gracias a José Jorge Ricciardelli, Pepe, gran saxofonista, gran amigo y compañero de mi padre, que me ayudó con datos, fechas y nombres y quien me relató el momento de lágrimas de toda la orquesta cuando supieron en Finlandia que yo había nacido. Actualmente vive en Suecia y nunca perdimos contacto con él ni con su maravillosa esposa, María.

Gracias a Claudia, la cantante. Actualmente vive en Mallorca, seguimos en contacto y también me ha contado cómo llegó al conjunto de Quique Roca. Se casó con Ramón, también componente del conjunto, gran trompeta, violinista, animador, el hombre orquesta, una gran persona, un gran amigo. Falleció el 24 de agosto del 2020.

Gracias por tantos años de amistad con mi amiga Susina. Nos conocimos con meses y aún somos grandes amigas.

Gracias a Antonia y María Caldés por tantos años de amistad, hermanas de Cati. Catineta, tristemente, nos dejó a los 53 años por un maldito cáncer. Aún me parece verla en el restaurante de sus padres, Sa Farinera, asando carne en aquella enorme parrilla, y

143

Angelet, ya no es Angelet, es Ángel, que junto a su mujer Beatriz e hijas regentan este emblemático Sa Farinera de toda la vida.

No podría terminar este libro sin mencionar al mejor amigo y compañero de mi padre; el gran saxofonista Pep Grifé. La compenetración que había entre ellos la llevaban a lo más alto cuando tocaban juntos. Dino y Pep, piano y saxo, eran magia juntos. La noche tomaba ese sabor a *jazz* cuando se unían. Se hablaban con la mirada. Le pido a Dios seguir escuchando ese *Orfeo negro* que sigue dedicándome con tanto cariño cada vez que vamos a verlo.

Y gracias a Fina. Protagonista de la historia. Mi madre. Este libro jamás lo hubiera podido escribir sin ella. En primer lugar, porque es quien me ha ido relatando su vida, sus sentimientos y todos los momentos narrados. En segundo lugar, porque cuando Platero Editorial publicó mi primer libro, *Cartas a mi hija adolescente*, ella me pidió que escribiera su historia de amor con mi padre. Al preguntarle qué título le podía poner, sin pensarlo un segundo me dijo *Un hombre y una mujer*. Sus deseos son órdenes para mí. Al día siguiente ya estaba yo sentada frente a mi ordenador escribiendo y dando forma a todas las cosas que ella me iba explicando, y era nuestro tema de conversación en comidas, cenas, veladas…

Y gracias también a mi destino, que me regaló el padre más maravilloso del mundo.

Gracias a la vida por seguir disfrutando todos y cada uno de los momentos que vivo junto a mi madre, Fina, protagonista de esta historia y de mi vida. Una mujer a la que seguiré cuidando y mimando como él lo hizo.

Tal vez... solo, tal vez... ha sido tan difícil encontrar el amor verdadero en mi vida porque ellos dos fueron el referente que siempre tuve en lo que debe ser una historia de amor. Papá dejó una nota de corte muy difícil de conseguir. Un referente muy difícil de encontrar. Creo que, sin darme cuenta, quise encontrar en mi vida a un ser de luz como él, sin saber que seres de luz hay muy pocos en este mundo.

P. D. Una mañana, en la que me encontraba haciendo correcciones al libro, María llamó desde Suecia para decirme que Pepe murió. Lo siento, Pepe Ricciardelli. Lamento no haberlo acabado a tiempo a la vez que agradezco a la vida que, gracias a este libro, hemos estado en contacto casi diario en los últimos días de tu vida. Tú en Suecia y yo en España, a pesar de la distancia, me has ayudado mucho a escribir esta bella historia de amor y música.